U0514040

西京杂记（外五种）

[汉] 刘歆 等撰　王根林 校点

汉武帝别国洞冥记　汉武帝内传

汉武故事　裴子语林　殷芸小说

图书在版编目(CIP)数据

西京杂记(外五种)/(汉)刘歆等撰;王根林校点.—上海：
上海古籍出版社，2012.12(2017.4重印)

(历代笔记小说大观)

ISBN 978-7-5325-6363-0

Ⅰ.①西… Ⅱ.①刘… ②王… Ⅲ.①笔记小说—小
说集—中国—西汉时代 Ⅳ.①I242.1

中国版本图书馆 CIP 数据核字(2012)第 044836 号

历代笔记小说大观

西京杂记(外五种)

[汉]刘 歆 等撰

王根林 等校点

上海世纪出版股份有限公司
上 海 古 籍 出 版 社 出版

(上海瑞金二路272号 邮政编码200020)

(1) 网址:www.guji.com.cn

(2) E-mail:guji1@guji.com.cn

(3) 易文网网址:www.ewen.co

上海世纪出版股份有限公司发行中心发行经销

常熟文化印刷有限公司印刷

开本 635×965 1/16 印张 10 插页 2 字数 134,000

2012 年 12 月第 1 版 2017 年 4 月第 6 次印刷

印数:6,501—7,600

ISBN 978-7-5325-6363-0

I·2517 定价:18.00元

如有质量问题,请与承印公司联系

总　目

西 京 杂 记

［汉］刘　歆　撰
［晋］葛　洪　集
王根林　校点

校 点 说 明

　　《西京杂记》六卷，旧题汉刘歆撰，但不少学者对此不予认同。定为刘歆撰者，主要是东晋葛洪在本书跋中提出来的；而持否定意见者的理由，一是最早著录此书的《隋书·经籍志》不署撰者姓名，二是书中不避刘歆之父刘向的名讳。但此二证据皆可商榷。如避讳问题，在西汉时尚不十分严密。故依"存其旧"的原则，定为刘歆撰，葛洪集。

　　本书是一部介绍西汉一代帝王后妃、公侯将相、方士文人等的志人小说。内容涉及宫廷制度、礼节习俗、奇闻轶事等。全书佳处颇多，不但情节精彩，且文笔雅驯。鲁迅评价它"若论文学，则此在古小说中固亦意绪秀异，文笔可观"（《中国小说史略》）。书中所写不少故事，如"秋胡戏妻"、"画工弃市"、"卓文君当垆卖酒"等，都成为后代传奇小说及戏曲剧目的素材。

　　本书被收入多种丛书，今以《汉魏丛书》本为底本，校以《四部丛刊》影印之明嘉靖本、《古今逸史》本等进行标点，以底本原章节为段落。

目　　录

卷第一

萧何营未央宫

汉高帝七年,萧相国营未央宫。因龙首山制前殿,建北阙。未央宫周回二十二里九十五步五尺,街道周回七十里。台殿四十三,其三十二在外,其十一在后。宫池十三,山六,池一、山一亦在后。宫门闼凡九十五。

昆明池养鱼

武帝作昆明池,欲伐昆吾夷,教习水战。因而于上游戏养鱼,鱼给诸陵庙祭祀,余付长安市卖之。池周回四十里。

八月饮酎

汉制:宗庙八月饮酎,用九酝太牢,皇帝侍祠。以正月旦作酒,八月成,名曰酎,一曰九酝,一名醇酎。

止雨如祷雨

京师大水,祭山川以止雨。丞相御史二千石祷祠,如求雨法。

天子笔

天子笔管,以错宝为跗,毛皆以秋兔之毫,官师路扈为之。以杂宝为匣,厕以玉璧翠羽,皆直百金。

几 被 以 锦

汉制：天子玉几，冬则加绨锦其上，谓之绨几。以象牙为火笼，笼上皆散华文，后宫则五色绫文。以酒为书滴，取其不冰；以玉为砚，亦取其不冰。夏设羽扇，冬设缯扇。公侯皆以竹木为几，冬则以细罽为囊以凭之，不得加绨锦。

吉 光 裘

武帝时，西域献吉光裘，入水不濡。上时服此裘以听朝。

戚夫人歌舞

高帝、戚夫人善鼓瑟击筑。帝常拥夫人倚瑟而弦歌，毕，每泣下流涟。夫人善为翘袖折腰之舞，歌《出塞》、《入塞》、《望归》之曲，侍婢数百皆习之。后宫齐首高唱，声入云霄。

弧 环

戚姬以百炼金为弧环，照见指骨。上恶之，以赐侍儿鸣玉、耀光等，各四枚。

鱼 藻 宫

赵王如意年幼，未能亲外傅。戚姬使旧赵王内傅赵媪傅之，号其室曰养德宫，后改为鱼藻宫。

缢 杀 如 意

惠帝尝与赵王同寝处，吕后欲杀之而未得。后帝早猎，王不能夙兴，吕后命力士于被中缢杀之。及死，吕后不之信。以绿囊盛之，载以小辇车，入见，乃厚赐力士。力士是东郭门外官奴，帝后知，腰斩之，后不知也。

乐 游 苑

乐游苑自生玫瑰树，树下多苜蓿。苜蓿一名怀风，时人或谓之光风，风在其间，常萧萧然，日照其花，有光采，故名苜蓿为怀风。茂陵人谓之连枝草。

太 液 池

太液池边皆是雕胡、紫箨、绿节之类。菰之有米者，长安人谓为雕胡；葭芦之未解叶者，谓之紫箨；菰之有首者，谓之绿节。其间凫雏雁子布满充积，又多紫龟绿鳖，池边多平沙，沙上鹈鹕、鹧鸪、鸡鶒、鸿鹅，动辄成群。

终 南 山 华 盖 树

终南山多离合草，叶似江蓠，而红绿相杂，茎皆紫色，气如萝勒。有树直上百尺，无枝，上结丛条如车盖，叶一青一赤，望之班驳如锦绣，长安谓之丹青树，亦云华盖树。亦生熊耳山。

剑 光 射 人

汉帝相传以秦王子婴所奉白玉玺、高祖斩白蛇剑。剑上有七采珠、九华玉以为饰，杂厕五色琉璃为剑匣。剑在室中，光景犹照于外，与挺剑不殊。十二年一加磨莹，刃上常若霜雪。开匣拔鞘，辄有风气，光彩射人。

七夕穿针开襟楼

汉彩女常以七月七日穿七孔针于开襟楼，俱以习之。

身 毒 国 宝 镜

宣帝被收系郡邸狱，臂上犹带史良娣合采婉转丝绳，系身毒国宝镜一枚，大如八铢钱。旧传此镜见妖魅，得佩之者为天神所福，故宣帝从危获济。及即大位，每持此镜，感咽移辰。常以琥珀笥盛之，缄以戚里织成锦，一曰斜文锦。帝崩，不知所在。

霍显为淳于衍起第赠金

霍光妻遗淳于衍蒲桃锦二十四匹、散花绫二十五匹。绫出巨鹿陈宝光家，宝光妻传其法。霍显召入其第，使作之。机用一百二十镊，六十日成一匹，匹直万钱。又与走珠一琲，绿绫百端，钱百万，黄金百两，为起第宅，奴婢不可胜数。衍犹怨曰："吾为尔成何功，而报我若是哉！"

旌旗飞天堕井

济阴王兴居反，始举兵，大风从东来，直吹其旌旗，飞上天入云，而堕城西井中。马皆悲鸣不进。左右李廓等谏，不听。后卒自杀。

弘 成 子 文 石

五鹿充宗受学于弘成子。成子少时，尝有人过己，授以文石，大如燕卵。成子吞之,遂大明悟,为天下通儒。成子后病,吐出此石,以授充宗,充宗又为硕学也。

黄 鹄 歌

始元元年,黄鹄下太液池。上为歌曰:"黄鹄飞兮下建章,羽肃肃兮行跄跄,金为衣兮菊为裳。嗟嗟荷荇,出入蒹葭,自顾菲薄,愧尔嘉祥。"

送葬用珠襦玉匣

汉帝送死皆珠襦玉匣。匣形如铠甲,连以金缕。武帝匣上皆缕为蛟龙鸾凤龟麟之象,世谓为蛟龙玉匣。

三 云 殿

成帝设云帐、云幄、云幕于甘泉紫殿,世谓三云殿。

掖 庭

汉掖庭有月影台、云光殿、九华殿、鸣鸾殿、开襟阁、临池观,不在簿籍,皆繁华窈窕之所栖宿焉。

昭 阳 殿

赵飞燕女弟居昭阳殿,中庭彤朱,而殿上丹漆,砌皆铜沓,黄金涂,白玉阶,壁带往往为黄金釭,含蓝田璧,明珠翠羽饰之。上设九金龙,皆衔九子金铃,五色流苏。带以绿文紫绶,金银花镮。每好风日,幡旄光影,照耀一殿,铃镮之声,惊动左右。中设木画屏风,文如蜘蛛丝缕,玉几玉床,白象牙簟,绿熊席。席毛长二尺余,人眠而拥毛自蔽,望之不能见,坐则没膝,其中杂熏诸香,一坐此席,余香百日不歇。有四玉镇,皆达照,无瑕缺。窗扉多是绿琉璃,亦皆达照,毛发不得藏焉。椽桷皆刻作龙蛇,萦绕其间,麟甲分明,见者莫不兢栗。匠人丁缓、李菊,巧为天下第一。缔构既成,向其姊子樊延年说之,而外人稀知,莫能传者。

珊瑚高丈二

积草池中有珊瑚树,高一丈二尺,一本三柯,上有四百六十二条。是南越王赵佗所献,号为烽火树。至夜,光景常欲燃。

玉鱼动荡

昆明池刻玉石为鱼,每至雷雨,鱼常鸣吼,鬐尾皆动。汉世祭之以祈雨,往往有验。

上林名果异木

初修上林苑,群臣远方,各献名果异树,亦有制为美名,以标奇丽。梨十:紫梨、青梨、实大。芳梨、实小。大谷梨、细叶梨、缥叶梨、金叶梨、出琅琊王野家,太守王唐所献。瀚海梨、出瀚海北,耐寒不枯。东王梨、出海中。紫条梨。枣七:弱枝枣、玉门枣、棠枣、青华枣、樗枣、赤心枣、西王枣。出昆仑山。栗四:侯栗、榛栗、瑰栗、峄阳栗。峄阳都尉曹龙所献,大如拳。桃十:秦桃、櫻桃、缃核桃、金城桃、绮叶桃、紫文桃、霜桃、霜下可食。胡桃、出西域。樱桃、含桃。李十五:紫李、绿李、朱李、黄李、青绮李、青房李、同心李、车下李、含枝李、金枝李、颜渊李、出鲁。羌李、燕李、蛮李、侯李。柰三:白柰、紫柰、花紫色。绿柰。花绿色。查三:蛮查、羌查、猴查。椑三:青椑、赤叶椑、乌椑。棠四:赤棠、白棠、青棠、沙棠。梅七:朱梅、紫叶梅、紫花梅、同心梅、丽枝梅、燕梅、猴梅。杏二:文杏、材有文采。蓬莱杏。东郭都尉于吉所献。一株花杂五色,六出,云是仙人所食。桐三:

椅桐、梧桐、荆桐。林檎十株,枇杷十株,橙十株,安石榴十株,椰十株,白银树十株,黄银树十株,槐六百四十株,千年长生树十株,万年长生树十株,扶老木十株,守宫槐十株,金明树二十株,摇风树十株,鸣风树十株,琉璃树七株,池离树十株,离娄树十株,楠四株,枞七株,白俞、梅杜、梅桂、蜀漆树十株,栝十株,楔四株,枫四株。

余就上林令虞渊得朝臣所上草木名二千余种。邻人石琼就余求借,一皆遗弃。今以所记忆,列于篇右。

常满灯　被中香炉

长安巧工丁缓者,为常满灯,七龙五凤,杂以芙蓉莲藕之奇。又作卧褥香炉,一名被中香炉。本出房风,其法后绝,至缓始更为之。为机环转运四周,而炉体常平,可置之被褥,故以为名。又作九层博山香炉,镂为奇禽怪兽,穷诸灵异,皆自然运动。又作七轮扇,连七轮,大皆径丈,相连续,一人运之,满堂寒颤。

飞燕昭仪赠遗之侈

赵飞燕为皇后,其女弟在昭阳殿,遗飞燕书曰:"今日嘉辰,贵姊懋膺洪册,谨上襚三十五条,以陈踊跃之心:金华紫轮帽,金华紫轮面衣,织成上襦,织成下裳,五色文绶,鸳鸯襦,鸳鸯被,鸳鸯褥,金错绣裆,七宝綦履,五色文玉环,同心七宝钗,黄金步摇,合欢圆珰,琥珀枕,龟文枕,珊瑚玦,马脑弧,云母扇,孔雀扇,翠羽扇,九华扇,五明扇,云母屏风,琉璃屏风,五层金博山香炉,回风扇,椰叶席,同心梅,含枝李,青木香,沈水香,香螺卮,<small>出南海,一名丹螺。</small>九真雄麝香,七枝灯。"

宠擅后宫

赵后体轻腰弱,善行步进退,女弟昭仪不能及也。但昭仪弱骨丰肌,尤工笑语。二人并色如红玉,为当时第一,皆擅宠后宫。

卷第二

画 工 弃 市

元帝后宫既多,不得常见,乃使画工图形,案图召幸之。诸宫人皆赂画工,多者十万,少者亦不减五万。独王嫱不肯,遂不得见。匈奴入朝,求美人为阏氏,于是上案图,以昭君行。及去,召见,貌为后宫第一,善应对,举止闲雅。帝悔之,而名籍已定,帝重信于外国,故不复更人。乃穷案其事,画工皆弃市,籍其家,资皆巨万。画工有杜陵毛延寿,为人形,丑好老少,必得其真。安陵陈敞,新丰刘白、龚宽,并工为牛马飞鸟众势,人形好丑,不逮延寿。下杜阳望,亦善画,尤善布色。樊育亦善布色。同日弃市。京师画工,于是差稀。

方朔设计救乳母

武帝欲杀乳母,乳母告急于东方朔,朔曰:"帝忍而愎,旁人言之,益死之速耳。汝临去,但屡顾我,我当设计以激之。"乳母如言,朔在帝侧曰:"汝宜速去,帝今已大,岂念汝乳哺时恩邪?"帝怆然,遂舍之。

五 侯 鲭

五侯不相能,宾客不得来往。娄护丰辩,传食五侯间,各得其欢心,竞致奇膳。护乃合以为鲭,世称五侯鲭,以为奇味焉。

公孙弘粟饭布被

公孙弘起家徒步,为丞相,故人高贺从之。弘食以脱粟饭,覆以布被。贺怨曰:"何用故人富贵为? 脱粟布被,我自有之。"弘大惭,贺告人曰:"公孙弘内服貂蝉,外衣麻枲,内厨五鼎,外膳一肴,岂可以示天下?"于是朝廷疑其矫焉。弘叹曰:"宁逢恶宾,不逢故人。"

文帝良马九乘

文帝自代还,有良马九匹,皆天下之骏马也。一名浮云,一名赤电,一名绝群,一名逸骠,一名紫燕骝,一名绿螭骢,一名龙子,一名麟驹,一名绝尘,号为九逸。有来宣能御,代王号为王良,俱还代邸。

武帝马饰之盛

武帝时,身毒国献连环羁,皆以白玉作之,马瑙石为勒,白光琉璃为鞍。鞍在暗室中,常照十余丈,如昼日。自是长安始盛饰鞍马,竞加雕镂。或一马之饰直百金,皆以南海白蜃为珂,紫金为华,以饰其上。犹以不鸣为患,或加以铃镊,饰以流苏,走则如撞钟磬,若飞幡葆。后得贰师天马,帝以玫瑰石为鞍,镂以金银输石,以绿地五色锦为蔽泥,后稍以熊罴皮为之。熊罴毛有绿光,皆长二尺者,直百金。卓王孙有百余双,诏使献二十枚。

茂 陵 宝 剑

昭帝时,茂陵家人献宝剑,上铭曰: 直千金,寿万岁。

相 如 死 渴

司马相如初与卓文君还成都,居贫愁懑,以所着鹔鹴裘就市人阳昌贳酒,与文君为欢。既而,文君抱颈而泣曰:"我平生富足,今乃以衣裘贳酒!"遂相与谋,于成都卖酒。相如亲著犊鼻裈涤器,以耻王孙。王孙果以为病,乃厚给文君,文君遂为富人。文君姣好,眉色如望远山,脸际常若芙蓉,肌肤柔滑如脂,十七而寡,为人放诞风流,故悦长卿之才而越礼焉。长卿素有消渴疾,及还成都,悦文君之色,遂以发痼疾。乃作《美人赋》,欲以自刺,而终不能改,卒以此疾至死。文君为诔,传于世。

赵后淫乱

庆安世年十五,为成帝侍郎。善鼓琴,能为《双凤离鸾》之曲。赵后悦之,白上,得出入御内,绝见爱幸。常著轻丝履,招风扇,紫绨裘,与后同居处。欲有子,而终无胤嗣。赵后自以无子,常托以祈祷,别开一室,自左右侍婢以外,莫得至者,上亦不得至焉。以辇车载轻薄少年,为女子服,入后宫者,日以十数,与之淫通,无时休息。有疲怠者,辄差代之,而卒无子。

作新丰移旧社

太上皇徙长安,居深宫,凄怆不乐。高祖窃因左右问其故,以平生所好,皆屠贩少年,酤酒卖饼,斗鸡蹴鞠,以此为欢,今皆无此,故以不乐。高祖乃作新丰,移诸故人实之,太上皇乃悦。故新丰多无赖,无衣冠子弟故也。高祖少时,常祭枌榆之社。及移新丰,亦还立焉。高帝既作新丰,并移旧社,衢巷栋宇,物色惟旧。士女老幼,相携路首,各知其室。放犬羊鸡鸭于通涂,亦竞识其家。其匠人胡宽所营也。移者皆悦其似而德之,故竞加赏赠,月余,致累百金。

陵寝风帘

汉诸陵寝,皆以竹为帘,帘皆为水纹及龙凤之像。昭阳殿织珠为帘,风至则鸣,如珩珮之声。

扬雄梦凤作《太玄》

扬雄读书,有人语之曰:"无为自苦,玄故难传。"忽然不见。雄著《太玄经》,梦吐凤凰,集《玄》之上,顷而灭。

百　日　成　赋

司马相如为《上林》、《子虚》赋,意思萧散,不复与外事相关,控引天地,错综古今,忽然如睡,焕然而兴,几百日而后成。其友人盛览,字长通,牂牁名士,尝问以作赋。相如曰:"合綦组以成文,列锦绣而为质,一经一纬,一宫一商,此赋之迹也。赋家之心,苞括宇宙,总览人物,斯乃得之于内,不可得而传。"览乃作《合组歌》、《列锦赋》而退,终身不复敢言作赋之心矣。

仲舒梦龙作《繁露》

董仲舒梦蛟龙入怀,乃作《春秋繁露》词。

读千赋乃能作赋

或问扬雄为赋,雄曰:"读千首赋,乃能为之。"

闻《诗》解颐

匡衡字稚圭,勤学而无烛。邻舍有烛而不逮,衡乃穿壁引其光,以书映光而读之。邑人大姓文不识,家富多书,衡乃与其佣作,而不求偿。主人怪,问衡,衡曰:"愿得主人书遍读之。"主人感叹,资给以书,遂成大学。衡能说《诗》,时人为之语曰:"无说《诗》,匡鼎来。匡说《诗》,解人颐。"鼎,衡小名也。时人畏服之如是,闻者皆解颐欢笑。

衡邑人有言《诗》者，衡从之，与语质疑，邑人挫服，倒屣而去。衡追之，曰："先生留听，更理前论。"邑人曰："穷矣。"遂去不反。

惠 生 叹 息

长安有儒生曰惠庄，闻朱云折五鹿充宗之角，乃叹息曰："茧栗犊反能尔邪！吾终耻溺死沟中。"遂裹粮从云。云与言，庄不能对，逡巡而去，拊心谓人曰："吾口不能剧谈，此中多有。"

搔 头 用 玉

武帝过李夫人，就取玉簪搔头。自此后，宫人搔头皆用玉，玉价倍贵焉。

精弈棋裨圣教

杜陵杜夫子善弈棋，为天下第一人。或讥其费日，夫子曰："精其理者，足以大裨圣教。"

弹 棋 代 蹴 鞠

成帝好蹴鞠，群臣以蹴鞠为劳体，非至尊所宜。帝曰："朕好之，可择似而不劳者奏之。"家君作弹棋以献，帝大悦，赐青羔裘、紫丝履，服以朝觐。

雪 深 五 尺

元封二年，大寒，雪深五尺，野鸟兽皆死，牛马皆踡蹜如蝟，三辅人民冻死者十有二三。

四　宝　宫

武帝为七宝床,杂宝桉,厕宝屏风,列宝帐,设于桂宫,时人谓之四宝宫。

河决龙蛇喷沫

瓠子河决,有蛟龙从九子自决中逆上入河,喷沫流波数十里。

百　日　雨

文帝初,多雨,积霖至百日而止。

五日子欲不举

王凤以五月五日生,其父欲不举,曰:"俗谚:'举五日子,长及户则自害,不则害其父母。'"其叔父曰:"昔田文以此日生,其父婴敕其母曰:'勿举。'其母窃举之。后为孟尝君,号其母为薛公大家。以古事推之,非不祥也。"遂举之。

雷火燃木得蛟龙骨

惠帝七年夏,雷震南山。大木数千株,皆火燃至末。其下数十亩地,草皆焦黄。其后百许日,家人就其间得龙骨一具,鲛骨二具。

酒脯之应

高祖为泗水亭长,送徒骊山,将与故人诀去。徒卒赠高祖酒二壶,鹿肝、牛肝各一。高祖与乐从者饮酒食肉而去。后即帝位,朝晡尚食，常具此二炙，并酒二壶。

梁孝王宫囿

梁孝王好营宫室苑囿之乐，作曜华之宫，筑兔园。园中有百灵山，山有肤寸石、落猿岩、栖龙岫。又有雁池，池间有鹤洲凫渚。其诸宫观相连，延亘数十里，奇果异树，瑰禽怪兽毕备。王日与宫人宾客弋钓其中。

鲁恭王禽斗

鲁恭王好斗鸡鸭及鹅雁，养孔雀、鸂鹋，俸谷一年费二千石。

流黄簟

会稽岁时献竹簟供御，世号为流黄簟。

买臣假归

朱买臣为会稽太守，怀章绶还至舍亭，而国人未知也。所知钱勃，见其暴露，乃劳之曰："得无罢乎？"遗与纨扇。买臣至郡，引为上客，寻迁为掾史。

卷第三

篆术制蛇御虎

余所知有鞠道龙善为幻术，向余说古时事：有东海人黄公，少时为术，能制龙御虎，佩赤金刀，以绛缯束发，立兴云雾，坐成山河。及衰老，气力羸惫，饮酒过度，不能复行其术。秦末，有白虎见于东海，黄公乃以赤刀往厌之。术既不行，遂为虎所杀。三辅人俗用以为戏，汉帝亦取以为角抵之戏焉。

淮南与方士俱去

又说：淮南王好方士，方士皆以术见，遂有画地成江河，撮土为山岩，嘘吸为寒暑，喷嗽为雨雾。王亦卒与诸方士俱去。

扬子云载轺轩作《方言》

扬子云好事，常怀铅提椠，从诸计吏，访殊方绝域四方之语，以为裨补《轺轩》所载，亦洪意也。

邓通钱文侔天子

文帝时，邓通得赐蜀铜山，听得铸钱文字肉好皆与天子钱同，故富侔人主。时吴王亦有铜山铸钱，故有吴钱微重，文字肉好与汉钱不异。

俭 葬 反 奢

杨贵字王孙，京兆人也。生时厚自奉养，死卒裸葬于终南山。其子孙掘土凿石，深七尺而下尸，上复盖之以石，欲俭而反奢也。

介 子 弃 觚

傅介子年十四，好学书，尝弃觚而叹曰："大丈夫当立功绝域，何能坐事散儒！"后卒斩匈奴使者，还拜中郎。复斩楼兰王首，封义阳侯。

曹 敞 收 葬

余少时，闻平陵曹敞在吴章门下，往往好斥人过，以为轻薄，世人皆以为然。章后为王莽所杀，人无有敢收葬者，弟子皆更易姓名，以从他师。敞时为司徒掾，独称吴章弟子，收葬其尸，方知亮直者不见容于冗辈中矣。平陵人生为立碑于吴章墓侧，在龙首山南幕岭上。

文 帝 思 贤 苑

文帝为太子，立思贤苑以招宾客。苑中有堂隍六所。客馆皆广庑高轩，屏风帏褥甚丽。

广 陵 死 力

广陵王胥有勇力，常于别囿学格熊。后遂能空手搏之，莫不绝脰。后为兽所伤，陷脑而死。

辨《尔雅》

郭威字文伟，茂陵人也。好读书，以谓《尔雅》周公所制，而《尔雅》有"张仲孝友"，张仲，宣王时人，非周公之制明矣。余尝以问扬子云，子云曰："孔子门徒游、夏之俦所记，以解释六艺者也。"家君以为《外戚传》称"史佚教其子以《尔雅》，《尔雅》，小学也。"又记言："孔子教鲁哀公学《尔雅》。"《尔雅》之出远矣。旧传学者，皆云周公所记也，"张仲孝友"之类，后人所足耳。

袁广汉园林之侈

茂陵富人袁广汉，藏镪巨万，家僮八九百人。于北邙山下筑园，东西四里，南北五里，激流水注其内。构石为山，高十余丈，连延数里。养白鹦鹉、紫鸳鸯、氂牛、青兕，奇兽怪禽，委积其间。积沙为洲屿，激水为波潮，其中致江鸥海鹤，孕雏产毂，延漫林池。奇树异草，靡不具植。屋皆徘徊连属，重阁修廊，行之，移晷不能遍也。广汉后有罪诛，没入为官园，鸟兽草木，皆移植上林苑中。

五柞宫石麒麟

五柞宫有五柞树，皆连三抱，上枝荫覆数十亩。其宫西有青梧观，观前有三梧桐树。树下有石麒麟二枚，刊其胁为文字，是秦始皇骊山墓上物也。头高一丈三尺。东边者前左脚折，折处有赤如血，父老谓其有神，皆含血属筋焉。

咸阳宫异物

高祖初入咸阳宫，周行库府，金玉珍宝，不可称言。其尤惊异者，有青玉五枝灯，高七尺五寸。作蟠螭，以口衔灯，灯燃，鳞甲皆动，焕炳若列星而盈室焉。复铸铜人十二枚,坐皆高三尺,列在一筵上,琴筑笙竽,各有所执,皆缀花采,俨若生人。筵下有二铜管,上口高数尺,出筵后。其一管空,一管内有绳,大如指,使一人吹空管,一人纽绳,则众乐皆作,与真乐不异焉。有琴长六尺,安十三弦,二十六徽,皆用七宝饰之,铭曰"璠玙之乐"。玉管长二尺三寸,二十六孔,吹之则见车马山林,隐辚相次,吹息亦不复见,铭曰"昭华之琯"。有方镜,广四尺,高五尺九寸,表里有明,人直来照之,影则倒见。以手扪心而来,则见肠胃五脏,历然无碍。人有疾病在内,则掩心而照之,则知病之所在。又女子有邪心,则胆张心动。秦始皇常以照宫人,胆张心动者则杀之。高祖悉封闭以待项羽,羽并将以东,后不知所在。

鲛 鱼 荔 枝

尉佗献高祖鲛鱼、荔枝,高祖报以蒲桃锦四匹。

戚夫人侍儿言宫中乐事

戚夫人侍儿贾佩兰,后出为扶风人段儒妻。说在宫内时,见戚夫人侍高帝,尝以赵王如意为言,而高祖思之,几半日不言,叹息凄怆,而未知其术,辄使夫人击筑,高祖歌《大风》诗以和之。又说在宫内时,尝以弦管歌舞相欢娱,竞为妖服,以趣良时。十月十五日,共入灵女庙,以豚黍乐神,吹笛击筑,歌《上灵》之曲。既而相与连臂踏地为节,歌《赤凤凰来》。至七月七日,临百子池,作于阗乐。乐毕,以五色缕相羁,谓为相连爱。八月四日,出雕房北户,竹下围棋,胜者终年有福,负者终年疾病,取丝缕,就北辰星求长命乃免。九月九日,佩茱萸,食蓬饵,饮菊华酒,令人长寿。菊华舒时,并采茎叶,杂黍米酿之,至来年九月九日始熟,就饮焉,故谓之菊华酒。正月上辰,出池边盥濯,食蓬饵,以祓妖邪。三月上巳,张乐于流水,如此终岁焉。戚夫人死,侍儿皆复为民妻也。

何 武 葬 北 邙

何武葬北邙山薄龙坂，王嘉冢东北一里。

生 作 葬 文

杜子夏葬长安北四里，临终作文曰："魏郡杜邺，立志忠款，犬马未陈，奄先草露。骨肉归于后土，气魂无所不之。何必故丘，然后即化。封于长安北郭，此焉宴息。"及死，命刊石，埋于墓侧。墓前种松柏树五株，至今茂盛。

淮 南 《鸿 烈》

淮南王安著《鸿烈》二十一篇。鸿，大也。烈，明也。言大明礼教。号为淮南子，一曰刘安子。自云"字中皆挟风霜"，扬子云以为一出一入。

公 孙 子

公孙弘著《公孙子》，言刑名事，亦谓字直百金。

长 卿 赋 有 天 才

司马长卿赋，时人皆称典而丽，虽诗人之作，不能加也。扬子云曰："长卿赋不似从人间来，其神化所至邪？"子云学相如为赋而弗逮，故雅服焉。

赋 假 相 如

长安有庆虬之，亦善为赋。尝为《清思赋》，时人不之贵也，乃托以相如所作，遂大见重于世。

《大　人　赋》

相如将献赋，未知所为。梦一黄衣翁谓之曰："可为《大人赋》。"遂作《大人赋》，言神仙之事以献之。赐锦四匹。

《白　头　吟》

相如将聘茂陵人女为妾，卓文君作《白头吟》以自绝，相如乃止。

樊哙问瑞应

樊将军哙问陆贾曰："自古人君皆云受命于天，云有瑞应，岂有是乎？"贾应之曰："有之。夫目瞤得酒食，灯火华得钱财，干鹊噪而行人至、蜘蛛集而百事喜。小既有征，大亦宜然。故目瞤则咒之，火华则拜之，干鹊噪则喂之，蜘蛛集则放之。况天下大宝，人君重位，非天命何以得之哉？瑞者，宝也，信也。天以宝为信，应人之德，故曰瑞应。无天命，无宝信，不可以力取也。"

霍妻双生

霍将军妻一产二子，疑所为兄弟。或曰："前生为兄，后生者为弟。今虽俱日，亦宜以先生为兄。"或曰："居上者宜为兄，居下宜为弟，居下者前生，今宜以前生为弟。"时霍光闻之，曰："昔殷王祖甲一产二子，曰嚣，曰良。以卯日生嚣，以巳日生良，则以嚣为兄，以良为弟。若以在上者为兄，嚣亦当为弟。昔许釐庄公一产二女，曰妖，曰茂。楚大夫唐勒一产二子，一男一女，男曰贞夫，女曰琼华。皆以先生为长。近代郑昌时、文长蒨并生二男，滕公一生二女，李黎生一男一女，并以前生者为长。"霍氏亦以前生为兄焉。

文 章 迟 速

　　枚皋文章敏疾，长卿制作淹迟，皆尽一时之誉。而长卿首尾温丽，枚皋时有累句，故知疾行无善迹矣。扬子云曰："军旅之际，戎马之间，飞书驰檄，用枚皋；廊庙之下，朝廷之中，高文典册，用相如。"

卷第四

真 算 知 死

安定嵩真、玄菟曹元理，并明算术，皆成帝时人。真尝自算其年寿七十三，真绥和元年正月二十五日晡时死，书其壁以记之。至二十四日晡时死。其妻曰："见真算时，长下一算，欲以告之，虑脱有旨，故不敢言，今果校一日。"真又曰："北邙青陇上孤櫃之西四丈所，凿之入七尺，吾欲葬此地。"及真死，依言往掘，得古时空椁，即以葬焉。

曹 算 穷 物

元理尝从其友人陈广汉，广汉曰："吾有二囷米，忘其石数，子为计之。"元理以食箸十余转，曰："东囷七百四十九石二升七合。"又十余转，曰："西囷六百九十七石八斗。"遂大署囷门。后出米，西囷六百九十七石七斗九升，中有一鼠，大堪一升；东囷不差圭合。元理后岁复过广汉，广汉以米数告之，元理以手击床曰："遂不知鼠之殊米，不如剥面皮矣！"广汉为之取酒，鹿脯数片，元理复算，曰："薯蔗二十五区，应收一千五百三十六枚。蹲鸱三十七亩，应收六百七十三石。千牛产二百犊，万鸡将五万雏。"羊豕鹅鸭，皆道其数，果蔬肴蓛，悉知其所，乃曰："此资业之广，何供馈之偏邪？"广汉惭，曰："有仓卒客，无仓卒主人。"元理曰："俎上蒸狝一头，厨中荔枝一样，皆可为设。"广汉再拜谢罪，自入取之，尽日为欢。其术后传南季，南季传项瑶，瑶传子陆，皆得其分数，而失玄妙焉。

因 献 命 名

卫将军青生子,或有献骃马者,乃命其子曰骃,字叔马。其后改为登,字叔昇。

董 贤 宠 遇 过 盛

哀帝为董贤起大第于北阙下,重五殿,洞六门,柱壁皆画云气华花,山灵水怪,或衣以绨锦,或饰以金玉。南门三重,署曰南中门、南上门、南更门。东西各三门,随方面题署,亦如之。楼阁台榭,转相连注,山池玩好,穷尽雕丽。

三 馆 待 宾

平津侯自以布衣为宰相,乃开东阁,营客馆,以招天下之士。其一曰钦贤馆,以待大贤;次曰翘材馆,以待大才;次曰接士馆,以待国士。其有德任毗赞、佐理阴阳者,处钦贤之馆。其有才堪九烈将军二千石者,居翘材之馆。其有一介之善,一方之艺,居接士之馆。而躬自菲薄,所得俸禄,以奉待之。

闽 越 鹍 蜜

闽越王献高帝石蜜五斛,蜜烛二百枚,白鹍、黑鹍各一双,高帝大悦,厚报遣其使。

滕 公 葬 地

滕公驾至东都门,马鸣,踯不肯前,以足跑地久之。滕公使士卒掘马所跑地,入三尺所,得石椁。滕公以烛照之,有铭焉。乃以水洗写其文,文字皆古异,左右莫能知。以问叔孙通,通曰:"科斗书也。"以今文写之,曰:"佳城郁郁,三千年见白日。吁嗟滕公居此室。"滕公曰:"嗟乎,天也! 吾死其即安此乎?"死遂葬焉。

韩 嫣 金 弹

韩嫣好弹,常以金为丸,所失者日有十余。长安为之语曰:"苦饥寒,逐金丸。"京师儿童,每闻嫣出弹,辄随之,望丸之所落,辄拾焉。

司 马 良 史

司马迁发愤作《史记》百三十篇,先达称为良史之才。其以伯夷居列传之首,以为善而无报也;为《项羽本纪》,以踞高位者非关有德也。及其序屈原、贾谊,辞旨抑扬,悲而不伤,亦近代之伟才。

梁孝王忘忧馆时豪七赋

梁孝王游于忘忧之馆,集诸游士,各使为赋。枚乘为《柳赋》,其辞曰:"忘忧之馆,垂条之木。枝逶迟而含紫,叶萋萋而吐绿。出入风云,去来羽族。既上下而好音,亦黄衣而绛足。蜩蟧厉响,蜘蛛吐丝。阶草漠漠,白日迟迟。于嗟细柳,流乱轻丝。君王渊穆其度,御群英而玩之。小臣瞽聩,与此陈词。于嗟乐兮! 于是樽盈缥玉之酒,爵献金浆之醪。梁人作薯蔗酒,名金浆。庶羞千族,盈满六庖。弱丝清管,与风霜而共雕。枪锽啾唧,萧条寂寥。俊乂英旄,列襟联袍。小臣莫效于鸿毛,空衔鲜而嗽醪。虽复河清海竭,终无增景于边撩。"路乔如为《鹤赋》,其词曰:"白鸟朱冠,鼓翼池干。举修距而跃跃,奋皓翅之纷纷。宛修颈而顾步,啄沙碛而相欢。岂忘赤霄之上,忽池簫而盘桓。饮清流而不举,食稻粱而未安。故知野禽野性,未脱笼樊。赖吾王之广爱,虽禽鸟兮抱恩。方腾骧而鸣舞,凭朱槛而为欢。"公孙诡为《文鹿赋》,其词曰:"麀鹿濯濯,来我槐庭。食我槐叶,怀我德声。质如绵缛，文如素綦。呦呦相召，《小雅》之诗。叹丘山之比岁，逢梁王于一时。"邹阳为《酒赋》，其词曰："清者为酒，浊者为醴；清者圣明，浊者顽骏。皆麴糵丘之麦，酿野田之米。仓风莫预，方金未启。嗟同物而异味，叹殊才而共侍。流光醳醳，甘滋泥泥。醪酿既成，绿瓷既启。且筐且漉，载箧载齐。庶民以为欢，君子以为礼。其品类，则沙洛渌酃，程乡若下，高公之清。关中白薄，清渚萦停。凝醳醇酎，千日一醒。哲王临国，绰矣多暇。召蟠蟠之臣，聚肃肃之宾。安广坐，列雕屏，绡绮为席，犀璩为镇。曳长裾，飞广袖，奋长缨。英伟之士，莞尔而即之。君王凭玉几、倚玉屏。举手一劳，四座之士，皆若哺粱肉焉。乃纵酒作倡，倾碗覆觞。右曰宫申，旁亦征扬。乐只之深，不吴不狂。于是锡名饵，祛夕醉，遣朝醒。吾君寿亿万岁，常与日月争光。"公孙乘为《月赋》，其辞曰："月出皦兮，君子之光。鹍鸡舞于兰渚，蟋蟀鸣于西堂。君有礼乐，我有衣裳。猗嗟明月，当心而出。隐员岩而似钩，蔽修堞而分镜。既少进以增辉，遂临庭而高映。炎日匪明，皓璧非净。躔度运行，阴阳以正。文林辩囿，小臣不佞。"羊胜为《屏风赋》，其辞曰："屏风鞈匝，蔽我君王。重葩累绣，沓璧连璋。饰以文锦，映以流黄。画以古列，颙颙昂昂。藩后宜之，寿考无疆。"韩安国作《几赋》不成，邹阳代作，其辞曰："高树凌云，蟠纡烦冤，旁生附枝。王尔公输之徒，荷斧斤，援葛藟，攀乔枝。上不测之绝顶，伐之以归。眇者督直，聋者磨砻。齐贡金斧，楚入名工，乃成斯几。离奇仿佛，似龙盘马回，凤去鸾归。君王凭之，圣德日跻。"邹阳、安国罚酒三升，赐枚乘、路乔如绢，人五匹。

五 侯 进 王

梁孝王入朝，与上为家人之宴，乃问王诸子，王顿首谢曰："有五男。"即拜为列侯，赐与衣裳器服。王薨，又分梁国为五，进五侯皆为王。

河 间 王 客 馆

河间王德筑日华宫,置客馆二十余区,以待学士。自奉养不逾宾客。

年少未可冠婚

梁孝王子贾从朝,年幼,窦太后欲强冠婚之。上谓王曰:"儿堪冠矣。"王顿首谢曰:"臣闻《礼》二十而冠,冠而字,字以表德。自非显才高行,安可强冠之哉?"帝曰:"儿堪冠矣。"余日,帝又曰:"儿堪室矣。"王顿首曰:"臣闻《礼》三十壮有室。儿年蒙悼,未有人父之端,安可强室之哉?"帝曰:"儿堪室矣。"余日,贾朝至阁而遗其舄,帝曰:"儿真幼矣。"白太后未可冠婚之。

劲 超 高 屏

江都王劲捷,能超七尺屏风。

元后燕石文兆

元后在家,尝有白燕衔白石,大如指,坠后绩筐中。后取之,石自剖为二,其中有文曰"母天地"。后乃合之,遂复还合,乃宝录焉。后为皇后,常并置玺笥中,谓为天玺也。

玉 虎 子

汉朝以玉为虎子,以为便器,使侍中执之,行幸以从。

紫　　泥

中书以武都紫泥为玺室,加绿绨其上。

日 射 百 雉

茂陵文固阳,本琅琊人,善驯野雉为媒,用以射雉。每以三春之月,为茅障以自翳,用觟矢以射之,日连百数。茂陵轻薄者化之,皆以杂宝错厕翳障,以青州芦苇为弩矢,轻骑妖服,追随于道路,以为欢娱也。阳死,其子亦善其事。董司马好之,以为上客。

鹰 犬 起 名

茂陵少年李亨,好驰骏狗,逐狡兽,或以鹰鹞逐雉兔,皆为之佳名。狗则有修毫、釐睫、白望、青曹之名,鹰则有青翅、黄眸、青冥、金距之属,鹞则有从风鹞、孤飞鹞。杨万年有猛犬,名青驳,买之百金。

长 鸣 鸡

成帝时,交趾越巂献长鸣鸡,伺鸡晨,即下漏验之,晷刻无差,鸡长鸣则一食顷不绝,长距善斗。

陆 博 术

许博昌,安陵人也,善陆博。窦婴好之,常与居处。其术曰:"方畔揭道张,张畔揭道方,张究屈玄高,高玄屈究张。"又曰:"张道揭畔方,方畔揭道张,张究屈玄高,高玄屈究张。"三辅儿童皆诵之。法用六箸,或谓之究,以竹为之,长六分。或用二箸。博昌又作《大博经》一篇,今世传之。

战假将军名

高祖与项羽战于垓下，孔将军居左，费将军居右，皆假为名。

东方生

东方生善啸，每曼声长啸，辄尘落帽。

古生杂术

京兆有古生者，学从横揣磨、弄矢摇丸樗蒲之术，为都掾史四十余年，善池谩。二千石随以谐谑，皆握其权要，而得其欢心。赵广汉为京兆尹，下车而黜之，终于家。京师至今俳戏皆称古掾曹。

娄敬不易旃衣

娄敬始因虞将军请见高祖，衣旃衣，披羊裘。虞将军脱其身上衣服以衣之，敬曰："敬本衣帛，则衣帛见。敬本衣旃，则衣旃见。今舍旃褐，假鲜华，是矫常也。"不敢脱羊裘，而衣旃衣以见高祖。

卷第五

母嗜雕胡

会稽人顾翱，少失父，事母至孝。母好食雕胡饭，常帅子女躬自采撷。还家，导水凿川，自种供养，每有赢储。家亦近太湖，湖中后自生雕胡，无复余草，虫鸟不敢至焉，遂得以为养。郡县表其闾舍。

琴弹《单鹄寡凫》

齐人刘道强，善弹琴，能作《单鹄寡凫》之弄。听者皆悲，不能自摄。

赵后宝琴

赵后有宝琴，曰凤凰，皆以金玉隐起为龙凤螭鸾、古贤列女之象。亦善为《归风》、《送远》之操。

邹长倩赠遗有道

公孙弘以元光五年为国士所推，上为贤良。国人邹长倩以其家贫，少自资致，乃解衣裳以衣之，释所著冠履以与之，又赠以刍一束、素丝一襚、扑满一枚，书题遗之曰："夫人无幽显，道在则为尊。虽生刍之贱也，不能脱落君子，故赠君生刍一束。诗人所谓生刍一束，其人如玉。五丝为缀，倍缀为升，倍升为纮，倍纮为纪，倍纪为糯，倍糯为襚。此自少之多，自微至著也，类士之立功勋，故赠君素丝一襚。扑满者，以土为器，以蓄钱具，其有入窍而无出窍，满则扑之。土，粗物也。钱，重货也。入而不出，积而不散，故扑之。士有聚敛而不能散者，将有扑满之败，而不可诫欤？故赠君扑满一枚。猗嗟盛欤！山川阻修，加以风露。次卿足下，勉作功名。窃在下风，以俟嘉誉。"弘答烂败不存。

大驾骑乘数

汉朝舆驾祠甘泉汾阴，备千乘万骑，大仆执辔，大将军陪乘，名为大驾。司马车驾四，中道。辟恶车驾四，中道。记道车驾四，中道。靖室车驾四，中道。象车鼓吹十三人，中道。式道候二人，驾一。左右一人。长安都尉四人，骑。左右各二人。长安亭长十人驾。左右各五人。长安令车驾三，中道。京兆掾史三人，驾一。三分。京兆尹车驾四，中道。司隶部京兆从事，都部从事别驾一车。三分。司隶校尉驾四，中道。廷尉驾四，中道。太仆宗正引从事，驾四。左右。太常光禄卫尉，驾四。三分。太尉外部都督令史、贼曹属、仓曹属、户曹属、东曹掾、西曹掾，驾一。左右各三。太尉驾四，中道。太尉舍人祭酒，驾一。左右。司徒列从，如太尉王公骑。令史持载吏亦各八人，鼓吹十部。中护军骑，中道。左右各三行，载盾、弓矢、鼓吹各一部。步兵校尉、长水校尉，驾一。左右。队百匹。左右。骑队十。左右各五。前军将军。左右各二行，载盾、刀盾、鼓吹各一部，七人。射声翊军校尉，驾三。左右二行，载盾、刀盾、鼓吹各一部，七人。骁骑将军，游击将军，驾三。左右二行，载盾、刀盾、鼓吹各一部，七人。黄门前部鼓吹，左右各一部，十三人，驾四。前黄麾骑，中道。自此分为八校。左四右四。护驾御史骑。左右。御史中丞驾一，中道。谒者仆射驾四。武刚车驾四，中道。九斿车驾四，中道。云罕车驾四，中道。皮轩车驾四，中道。阘戟车驾四，中道。鸾旗车驾四，中道。建华车驾四，中道。左右。虎贲中郎将车驾二，中道。护驾尚书郎三人，骑。三分。护驾尚书三，中道。相风乌车驾四，中道。自此分为十二校。左右各六。殿中御史骑。左右。典兵中郎骑，中道。高华，中道。罼罕。左右。御马。三分。节十六。右八左八。华盖，中道。自此分为十六校。左八右八。刚鼓，中道，金根车。自此分为二十校，满道。左卫将军，右卫将军。华盖。自此后糜烂不存。

董仲舒天象

　　元光元年七月，京师雨雹。鲍敞问董仲舒曰："雹何物也？何气而生之？"仲舒曰："阴气胁阳气。天地之气，阴阳相半，和气周回，朝夕不息。阳德用事，则和气皆阳，建巳之月是也，故谓之正阳之月；阴德用事，则和气皆阴，建亥之月是也，故谓之正阴之月。十月阴虽用事，而阴不孤立，此月纯阴，疑于无阳，故谓之阳月，诗人所谓'日月阳止'者也。四月阳虽用事，而阳不独存，此月纯阳，疑于无阴，故亦谓之阴月。自十月已后，阳气始生于地下，渐冉流散，故言息也，阴气转收，故言消也。日夜滋生，遂至四月，纯阳用事。自四月已后，阴气始生于天上，渐冉流散，故云息也，阳气转收，故言消也。日夜滋生，遂至十月，纯阴用事。二月、八月，阴阳正等，无多少也。以此推移，无有差慝。运动抑扬，更相动薄，则熏蒿歊蒸，而风雨云雾雷电雪雹生焉。气上薄为雨，下薄为雾，风其噫也，云其气也，雷其相击之声也，电其相击之光也。二气之初蒸也，若有若无，若实若虚，若方若圆。攒聚相合，其体稍重，故雨乘虚而坠。风多则合速，故雨大而疏。风少则合迟，故雨细而密。其寒月则雨凝于上，体尚轻微，而因风相袭，故成雪焉。寒有高下，上暖下寒，则上合为大雨，下凝为冰霰雪是也。雹，霰之流也，阴气暴上，雨则凝结成雹焉。太平之世，则风不鸣条，开甲散萌而已；雨不破块，润叶津茎而已；雷不惊人，号令启发而已；电不眩目，宣示光耀而已；雾不寒望，浸淫被泊而已；雪不封条，凌殄毒害而已。云则五色而为庆，三色而成矞；露则结味而成甘，结润而成膏。此圣人之在上，则阴阳和，风雨时也。政多纰缪，则阴阳不调。风发屋，雨溢河，雪至牛目，雹杀驴马，此皆阴阳相荡，而为祲沴之妖也。"敞曰："四月无阴，十月无阳，何以明阴不孤立，阳不独存邪？"仲舒曰："阴阳虽异，而所资一气也。阳用事，此则气为阳；阴用事，此则气为阴。阴阳之时虽异，而二体常存。犹如一鼎之水，而未加火，纯阴也；加火极热，纯阳也。纯阳则无阴，息火水寒，则更阴矣；纯阴则无阳，加火水热，则更阳矣。然则建巳之月为纯阳，不容都无复阴也，但是阳家用事,阳气之极耳。荠麦枯,由阴杀也。建亥之月为纯阴,不容都无复阳也,但是阴家用事,阴气之极耳。荠麦始生,由阳升也。其著者,葶苈死于盛夏,款冬华于严寒,水极阴而有温泉,火至阳而有凉焰。故知阴不得无阳,阳不容都无阴也。"敞曰:"冬雨必暖,夏雨必凉,何也?"曰:"冬气多寒,阳气自上跻,故人得其暖,而上蒸成雪矣。夏气多暖,阴气自下升,故人得其凉,而上蒸成雨矣。"敞曰:"雨既阴阳相蒸,四月纯阳,十月纯阴,斯则无二气相薄,则不雨乎?"曰:"然则纯阳纯阴,虽在四月十月,但月中之一日耳。"敞曰:"月中何日?"曰:"纯阳用事,未夏至一日;纯阴用事,未冬至一日。朔旦、夏至、冬至,其正气也。"敞曰:"然则未至一日,其不雨乎?"曰:"然。颇有之,则妖也。和气之中,自生灾沴,能使阴阳改节,暖凉失度。"敞曰:"灾沴之气,其常存邪?"曰:"无也,时生耳。犹乎人四支五脏,中也有时,及其病也,四支五脏皆病也。"敞迁延负墙,俯揖而退。

郭舍人投壶

武帝时,郭舍人善投壶,以竹为矢,不用棘也。古之投壶,取中而不求还,故实小豆于中,恶其矢跃而出也。郭舍人则激矢令还,一矢百余反,谓之为骁。言如博之掔枭于掌中,为骁杰也。每为武帝投壶,辄赐金帛。

象牙簟

武帝以象牙为簟,赐李夫人。

贾谊《鹏鸟赋》

贾谊在长沙,鹏鸟集其承尘。长沙俗以鹏鸟至人家,主人死。谊作《鹏鸟赋》,齐死生,等荣辱,以遣忧累焉。

金 石 感 偏

　　李广与兄弟共猎于冥山之北，见卧虎焉。射之，一矢即毙。断其髑髅以为枕，示服猛也。铸铜象其形为溲器，示厌辱之也。他日，复猎于冥山之阳，又见卧虎，射之，没矢饮羽。进而视之，乃石也，其形类虎。退而更射，镞破簳折而石不伤。余尝以问扬子云，子云曰："至诚则金石为开。"余应之曰："昔人有游东海者，既而风恶，船漂不能制，船随风浪，莫知所之。一日一夜，得至一孤洲，共侣欢然。下石植缆，登洲煮食。食未熟而洲没，在船者斫断其缆，船复漂荡。向者孤洲乃大鱼，怒掉扬鬐，吸波吐浪而去，疾如风云。在洲死者十余人。又余所知陈缟，质木人也。入终南山采薪，还晚，趋舍未至，见张丞相墓前石马，谓为鹿也，即以斧挝之，斧缺柯折，石马不伤。此二者亦至诚也，卒有沉溺缺斧之事，何金石之所感偏乎？"子云无以应余。

卷第六

文 木 赋

　　鲁恭王得文木一枚,伐以为器,意甚玩之。中山王为赋曰:"丽木离披,生彼高崖。拂天河而布叶,横日路而摧枝。幼雏赢縠,单雄寡雌,纷纭翔集,嘈嗷鸣啼。载重雪而梢劲风,将等岁于二仪。巧匠不识,王子见知。乃命班尔,载斧伐斯,隐若天崩,豁如地裂。华叶分披,条枝摧折。既剥既刊,见其文章。或如龙盘虎踞,复似鸾集凤翔。青纲紫绶,环璧珪璋。重山累嶂,连波叠浪。奔电屯云,薄雾浓雾。麢宗骥旅,鸡族雉群。蠾绣鸳锦,莲藻芰文。色比金而有裕,盾参玉而无分。裁为用器,曲直舒卷。修竹映池,高松植巇。制为乐器,婉转蟠纡,凤将九子,龙导五驹。制为屏风,郁弟穹隆。制为杖几,极丽穷美。制为枕案,文章璀璨,彪炳涣汗。制为盘盂,采玩蜘蹰。猗欤君子,其乐只且!"恭王大悦,顾盼而笑,赐骏马二匹。

广川王发古冢

　　广川王去疾,好聚亡赖少年,游猎毕弋无度,国内冢藏,一皆发掘。余所知爱猛,说其大父为广川王中尉,每谏王不听,病免归家。说王所发掘冢墓不可胜数,其奇异者百数焉。为余说十许事,今记之如左。

　　魏襄王冢,皆以文石为椁,高八尺许,广狭容四十人。以手扪椁,滑液如新。中有石床、石屏风,宛然周正。不见棺枢明器踪迹,但床上有玉唾壶一枚、铜剑二枚。金玉杂具,皆如新物,王取服之。

　　哀王冢,以铁灌其上,穿凿三日乃开。有黄气如雾,触人鼻目,皆辛苦不可入。以兵守之,七日乃歇。初至一户,无扃钥。石床方四尺，床上有石几，左右各三石人立侍，皆武冠带剑。复入一户，石扉有关钥，叩开，见棺枢，黑光照人，刀斫不入，烧锯截之，乃漆杂兕革为棺，厚数寸，累积十余重，力不能开，乃止。复入一户，亦石扉，开钥得石床，方七尺。石屏风铜帐钩一具，或在床上，或在地下，似是帐糜朽，而铜钩堕落床上。石枕一枚，尘埃朏朏，甚高，似是衣服。床左右石妇人各二十，悉皆立侍，或有执巾栉镜镊之，象或有执盘奉食之形。无余异物，但有铁镜数百枚。

魏王子且渠冢，甚浅狭，无棺枢，但有石床，广六尺，长一丈，石屏风，床下悉是云母。床上两尸，一男一女，皆年二十许，俱东首，裸卧无衣衾，肌肤颜色如生人，鬓发齿爪亦如生人。王畏惧之，不敢侵近，还拥闭如旧焉。

袁盎冢，以瓦为棺椁，器物都无，唯有铜镜一枚。

晋灵公冢，甚瑰壮，四角皆以石为玃犬捧烛，石人男女四十余，皆立侍，棺器无复形兆，尸犹不坏，孔窍中皆有金玉。其余器物皆朽烂不可别，唯玉蟾蜍一枚，大如拳，腹空，容五合水，光润如新，王取以盛书滴。

幽王冢，甚高壮，羡门既开，皆是石垩，拨除丈余深，乃得云母，深尺余，见百余尸，纵横相枕藉，皆不朽，唯一男子，余皆女子，或坐或卧，亦犹有立者，衣服形色不异生人。

栾书冢，棺枢明器朽烂无余。有一白狐，见人惊走，左右遂击之，不能得，伤其左脚。其夕，王梦一丈夫，须眉尽白，来谓王曰："何故伤吾左脚？"乃以杖叩王左脚。王觉，脚肿痛生疮，至死不差。

太液池五舟

太液池中有鸣鹤舟、容与舟、清旷舟、采菱舟、越女舟。

孤树池

太液池西有一池，名孤树池。池中有洲，洲上黏树一株，六十余围,望之重重如盖,故取为名。

昆明池舟数百

昆明池中有戈船、楼船各数百艘。楼船上建楼橹,戈船上建戈矛,四角悉垂幡眊,旍葆麾盖,照灼涯眊。旍余少时犹忆见之。

玳 瑁 床

韩嫣以玳瑁为床。

书太史公事

汉承周史官,至武帝置太史公。太史公司马谈,世为太史,子迁,年十三,使乘传行天下,求古诸侯史记,续孔子古文,序世事,作传百三十卷,五十万字。谈死,子迁以世官复为太史公,位在丞相下。天下上计,先上太史公,副上丞相。太史公序事如古《春秋》法,司马氏本古周史佚后也。作《景帝本纪》,极言其短及武帝之过,帝怒而削去之。后坐举李陵,陵降匈奴,下迁蚕室。有怨言,下狱死。宣帝以其官为令,行太史公文书事而已,不复用其子孙。

皇 太 子 官

皇太子官称家臣,动作称从。

两秋胡曾参毛遂

杜陵秋胡者,能通《尚书》,善为古隶字,为翟公所礼,欲以兄女妻之。或曰:“秋胡已经娶而失礼,妻遂溺死,不可妻也。”驰象曰:“昔鲁人秋胡,娶妻三月而游宦三年,休,还家,其妇采桑于郊,胡至郊而不识其妻也，见而悦之，乃遗黄金一镒。妻曰："妾有夫，游宦不返，幽闺独处，三年于兹，未有被辱如今日也。'采不顾。胡惭而退，至家，问家人妻何在，曰："行采桑于郊，未返。'既还，乃向所挑之妇也。夫妻并惭。妻赴沂水而死。今之秋胡，非昔之秋胡也。昔鲁有两曾参，赵有两毛遂。南曾参杀人见捕，人以告北曾参母。野人毛遂坠井而死，客以告平原君，平原君曰："嗟乎，天丧予矣！'既而知野人毛遂，非平原君客也。岂得以昔之秋胡失礼，而绝婚今之秋胡哉？物固亦有似之而非者。玉之未理者为璞，死鼠未腊者亦为璞；月之旦为朔，车之辋亦谓之朔，名齐实异，所宜辨也。"

汉武帝别国洞冥记

[汉] 郭　宪　撰

王根林　校点

校 点 说 明

《汉武帝别国洞冥记》四卷,又作《汉武洞冥记》、《洞冥记》,旧题后汉郭宪撰。郭宪,西汉末宋(今安徽太和北)人,字子横。王莽篡位,拜宪郎中,宪不受,逃往东海之滨隐居。光武帝即位,应召拜博士,后迁光禄勋。宪好道术,尝从帝南郊祭祀,宪忽面向东北含酒三潎,问其故,云齐国失火。后知齐国果于是日火灾。后代学者或有疑本书非汉人撰,当六朝人伪托,然亦未有确据,存疑可也。

据郭宪自序,"洞冥"当为洞达神仙幽冥之意。该书以汉武帝求仙和异域贡物为主要内容,道教意味颇浓。所叙"别国",主要指西域及今中亚西亚一带国家。所贡方物,珍稀奇异,功效神奇,极富想象力。所叙奇闻,可了解这些地区和国家的民俗与传说。

本书据郭宪自序,当为四卷。但某些史书经籍志及目录学著作或有作一卷、五卷者。现存四卷本,主要有《顾氏文房小说》、《古今逸史》、《汉魏丛书》等本。今以《顾氏文房小说》本为底本,参酌其他诸本予以校勘,标点出版。

目　　录

汉武帝别国洞冥记序

　　宪家世述道书,推求先圣往贤之所撰集,不可穷尽,千室不能藏,万乘不能载,犹有漏逸。或言浮诞,非政教所同,经文史官记事,故略而不取,盖偏国殊方,并不在录。愚谓古曩余事,不可得而弃。况汉武帝,明俊特异之主,东方朔因滑稽浮诞,以匡谏洞心于道教,使冥迹之奥,昭然显著。今籍旧史之所不载者,聊以闻见,撰《洞冥记》四卷,成一家之书,庶明博君子该而异焉。武帝以欲穷神仙之事,故绝域遐方,贡其珍异奇物,及道术之人,故于汉世盛于群主也。故编次之云尔。

卷第一

汉武帝未诞之时,景帝梦一赤彘从云中直下,入崇兰阁。帝觉而坐于阁上,果见赤气如烟雾来蔽户牖。望上,有丹霞蓊郁而起,乃改崇兰阁为猗兰殿。后王夫人诞武帝于此殿。有青雀群飞于霸城门,乃改为青雀门。乃更修饰,刻木为绮橑。雀去,因名青绮门。

东方朔,字曼倩。父张夷,字少平,妻田氏女。夷年二百岁,颜如童子。朔生三日,而田氏死,时景帝三年也。邻母拾而养之。年三岁,天下秘谶,一览暗诵于口,常指挥天下,空中独语。邻母忽失朔,累月方归,母笞之。后复去,经年乃归。母忽见,大惊曰:"汝行经年一归,何以慰我耶?"朔曰:"儿至紫泥海,有紫水污衣,仍过虞渊湔浣,朝发中返,何云经年乎?"母问之:"汝悉是何处行?"朔曰:"儿湔衣竟,暂息都崇堂。王公饴之以丹霞浆,儿食之太饱,闷几死,乃饮玄天黄露半合,即醒。既而还。路遇一苍虎,息于路傍。儿骑虎还,打捶过痛,虎啮儿脚伤。"母悲嗟,乃裂青布裳裹之。朔复去家万里,见一枯树,脱布挂于树。布化为龙,因名其地为布龙泽。朔以元封中游濛鸿之泽,忽见王母采桑于白海之滨。俄有黄眉翁指阿母以告朔曰:"昔为吾妻,托形为太白之精,今汝此星精也。吾却食吞气,已九千余岁,目中瞳子,色皆青光,能见幽隐之物,三千岁一反骨洗髓,二千岁一刻肉伐毛。自吾生,已三洗髓五伐毛矣。"

建元二年,帝起腾光台,以望四远。于台上撞碧玉之钟,挂悬黎之磬,吹霜条之籁,唱来云依日之曲。方朔再拜于帝前,曰:"臣东游万林之野,获九色凤雏,涔源丹獭之水赤色。西过洞螺,得沧渊虹子静海游珠。洞螺在虞渊西,虹泉池在五柞宫北,中有追云舟、起风舟、侍仙舟、含烟舟。或以抄棠为枻楫,或以木兰文柘为橹棹,又起五层台于月下。"

钓影山去昭河三万里,有云气,望之如山影。丹藿生于影中,叶浮水上。有紫河万里,深十丈,中有寒荷,霜下方香盛。有降灵坛、养灵池、分光殿五间、奔雷室七间、望蟾阁十二丈,上有金镜,广四尺。元封中,有祇国献此镜,照见魑魅,不获隐形。

都夷香如枣核,食一片,则历月不饥。以粒如粟米许,投水中,俄而满大盂也。

甘泉宫南昆明池中,有灵波殿七间。皆以桂为柱,风来自香。帝既耽于灵怪,常得丹豹之髓、白凤之骨,磨青锡为屑,以苏油和之,照于神坛,夜暴雨光不灭。有霜蛾,如蜂赴火,侍者举麟须拂拂之。

元光中,帝起寿灵坛。坛上列植垂龙之木,似青梧,高十丈,有朱露,色如丹汁,洒其叶,落地皆成珠。其枝似龙之倒垂,亦曰珍枝树。此坛高八丈,帝使董谒乘云霞之辇以升坛。至夜三更,闻野鸡鸣,忽如曙,西王母驾玄鸾,歌春归乐,谒乃闻王母歌声而不见其形。歌声绕梁三匝乃止,坛傍草树枝叶或翻或动,歌之感也。四面列种软枣,条如青桂。风至,自拂阶上游尘。

董谒,字仲玄,武都郁邑人也。少好学,尝游山泽,负挟图书,患其繁重。家贫,拾树叶以代书简,言其易卷怀也。编荆为床,聚鸟兽毛以寝其上。

波祇国,亦名波弋国。献神精香草,亦名荃蘼,亦名春芜。一根百条,其间如竹节,柔软,其皮如弦,可为布,所谓春芜布,亦名香荃布,坚密如纨冰也。握一片,满室皆香,妇人带之,弥有芬馥。

翕韩国献飞骸兽,状如鹿,青色。以寒青之丝为绳系之。及死,帝惜之而不瘗,挂于苑门。皮毛皆烂朽,惟骨色犹青。时人咸知其神异,更以绳系其足。往视之,唯见所系处存,而头尾及骨皆飞去。

旦露池西有灵池,方四百步。有连钱荇、浮根菱、倒枝藻。连钱荇,荇如钱文;浮根菱,根出水上,叶沉波下,实细薄,皮甘香,叶半青半白,霜降弥美,因名青冰菱也;倒枝藻者,枝横倒水中,长九尺余,如结网,有野鸭、秋凫及鸥鹭来翔水上,入此草中,皆不得出,如缯网也。亦名水网藻。中有转羽舫、逐龙舫、凌波舫,帝尝游宴于此。

卷第二

元鼎元年，起招仙阁于甘泉宫西。编翠羽麟毫为帘，青琉璃为扇，悬黎火齐为床，其上悬浮金轻玉之磬。浮金者，色如金，自浮于水上；轻玉者，其质贞明而轻。有霞光绣，有藻龙绣，有连烟绣，有走龙锦，有云凤锦，翻鸿锦。阁上烧荃蘼香屑，烧粟许，其气三月不绝。进崣嵘细枣，出崣嵘山，山临碧海上，万年一实，如今之软枣。咋之有膏，膏可燃灯，西王母握以献帝。燃芳苡灯，光色紫，有白凤、黑龙、异足来，戏于阁边。有青鸟，赤头，道路而下，以迎神女。神女留玉钗以赠帝，帝以赐赵婕好。至昭帝元凤中，宫人犹见此钗。黄谍欲之，明日示之，既发匣，有白燕飞升天。后宫人学作此钗，因名玉燕钗，言吉祥也。

元鼎五年，郅支国贡马肝石百斤。常以水银养之，内玉柜中，金泥封其上。国人长四尺，惟饵此石而已。半青半白，如今之马肝。春碎以和九转之丹，服之，弥年不饥渴也。以之拂发，白者皆黑。帝坐群臣于甘泉殿，有发白者，以石拂之，应手皆黑。是时公卿语曰："不用作方伯，惟须马肝石。"此石酷烈，不和丹砂，不可近发。帝寝灵庄殿，召东方朔于青绮，窗不隔绨纨，重幕，问朔曰："汉承庚运，火德，以何精瑞为祥应？"朔跪而对曰："臣常至吴明之墟，是长安东过扶桑七万里，有及云山。山顶有井，云起井中，若土德王黄云出，火德王赤云出，水德王黑云出，金德王白云出，木德王青云出。此皆应瑞德也。"帝曰："善。"

元封中，起方山像，招诸灵异，召东方朔言其秘奥。乃烧天下异香，有沉光香、精祇香、明庭香、金碑香、涂魂香，外国所贡青楂之灯。青楂木有膏，如淳漆，削置器中，以蜡和之涂布，燃照数里。

起神明台，上有九天道金床、象席，虎珀镇杂玉为簟。帝坐良久，设甜水之冰，以备洪濯酌。瑶琨碧酒，炮青豹之脯。果则有涂阴紫梨、琳国碧李，仙众与食之。

吠勒国贡文犀四头,状如水兕。角表有光,因名明犀。置暗中,有光影,亦曰影犀。织以为簟,如锦绮之文。此国去长安九千里,在日南。人长七尺,被发至踵,乘犀象之车。乘象入海底取宝,宿于蛟人之舍,得泪珠。则蛟所泣之珠也,亦曰泣珠。

甜水去虞渊八十里,有甜溪,水味如蜜。东方朔游此水,得数斛以献帝。投水于井,井水常甜而寒,洗沐则肌理柔滑。

瑶琨,去玉门九万里,有碧草如麦。割之以酿酒,则味如醇酎,饮一合,三旬不醒。但饮甜水,随饮而醒。

涂山之背,梨大如升,或云斗。紫色,千年一花,亦曰紫轻梨。

琳国去长安九千里,生玉叶李,色如碧玉,数十年一熟,味酸。昔韩终常饵此李,因名韩终李。

元封三年,大秦国贡花蹄牛。其色驳,高六尺,尾环绕其身,角端有肉,蹄如莲花,善走,多力。帝使挈铜石,以起望仙宫,迹在石上,皆如花形,故阳关之外花牛津,时得异石。长十丈,高三丈,立于望仙宫,因名龙钟石。武帝末,此石自陷入地,唯尾出土上,今人谓龙尾墩也。

帝好微行,于长安城西,夜见一螭游于路。董谒曰:“昔桀媚末喜于膝上,以金簪贯玉螭腹为戏。今螭腹余金簪穿痕,安非此耶?”曰:“白龙鱼麟,网者食之。”帝曰:“试我也。”

元封四年,修弥国献骏骡,高十尺,毛色赤斑,皆有日月之象。帝以金斑为锁绊,以宝器盛刍以饲之。

元封五年,勒毕国贡细鸟,以方尺之玉笼盛数百头,形如大蝇,状似鹦鹉,声闻数里之间,如黄鹄之音也。国人常以此鸟候时,亦名曰候日虫。帝置之于宫内,旬日而飞尽,帝惜,求之不复得。明年,见细鸟集帷幕,或入衣袖,因名蝉。宫内嫔妃皆悦之,有鸟集其衣者,辄蒙爱幸。至武帝末,稍稍自死,人犹爱其皮。服其皮者,多为丈夫所媚。

勒毕国,人长三寸,有翼,善言语戏笑,因名善语国。常群飞往日下自曝,身热乃归。饮丹露为浆。丹露者,日初出有露汁如珠也。

太初二年,东方朔从西那汗国归,得声风木十枝献帝。长九尺,大如指。此木临因桓之水,则《禹贡》所谓因桓是也。其源出甜波。

树上有紫燕黄鹄集其间，实如油麻风，吹枝如玉声，因以为名。帝以枝遍赐尊臣，臣有凶者，枝则汗，臣有死者，枝则折。昔老聃在于周世，年七百岁，枝竟未汗。偓佺生于尧时，年三千岁，枝竟未一折。帝乃以枝问朔，朔曰："臣已见此枝三过枯死而复生，岂汗折而已哉！里语曰：年未半，枝不汗。此木五千年一湿，万岁不枯。"

太初三年，起甘泉望风台。台上得白珠如花一枝，帝以锦盖覆之，如照月矣。因名照月珠，以赐董偃，盛以琉璃之筐。

太初四年，东方朔从支提国来。国人长三丈二尺，三手三足，各三指，多力，善走，国内小山能移之，有涧泉，饮能尽。结海苔为衣，其戏笑，取犀象相投掷为乐。

东方朔游吉云之地，得神马一匹，高九尺。帝问朔："是何兽也？"朔曰："昔西王母乘灵光辇以适东王公之舍，税此马游于芝田，乃食芝田之草。东王公怒，弃马于清津天岸。臣至王公之坛，因骑马返，绕日三匝，然入汉关，关犹未掩。臣于马上睡，不觉而至。"帝曰："其名云何？"对曰："因疾，为名步景。"朔当乘之时，如驽骞之驴耳。东方朔曰："臣有吉云草十顷，种于九景山东。二千岁一花，明年应生，臣走请刈之。得以秣马，马终不饥也。"朔曰："臣至东极，过吉云之泽，多生此草，移于九景之山，全不如吉云之地。"帝曰："何谓吉云？"朔曰："其国俗以云气占吉凶，若乐事，则满室云起，五色照人，著于草树，皆成五色露珠，甚甘。"帝曰："吉云露可得乎？"朔乃东走，至夕而返，得玄露、青露，盛青琉璃，各受五合，跪以献帝。遍赐群臣，群臣得尝者，老者皆少，疾者皆愈。凡五官尝露：董谒、李充、孟岐、郭琼、黄安也。

李充，冯翊人也。自言三百岁。荷草畚，负《五岳真图》而至。帝礼待之，亦号负图先生也。

孟岐，河清之逸人也。年可七百岁。语及周初事，了然如目前。岐侍周公升坛上，岐以手摩成王足。周公以玉笏与之，岐尝宝执，每以衣袂拂拭，笏厚七分，今锐断，恒切桂叶食之。闻帝好仙，披草盖而来谒帝焉。

郭琼，东郡人也。形貌丑劣，而意度过人。曾宿人家，辄乞薪自照读书。昼眠，眼不闭，行地无迹。帝闻其异，征焉。

黄安,代郡人也。为代郡卒。自云卑猥不获处人间,执鞭怀荆而读书。画地以记数者,夕地成池矣。时人谓黄安年可八十余,视如童子。常服朱砂,举体皆赤,冬不着裘。坐一神龟,广二尺,人问:"子坐此龟几年矣?"对曰:"昔伏羲始造网罟,获此龟以授吾。吾坐龟背已平矣。此虫畏日月之光,二千岁即一出头,吾坐此龟,已见五出头矣。"行即负龟以趋,世人谓黄安万岁矣。

卷第三

天汉二年，帝升苍龙阁，思仙术，召诸方士言远国遐方之事。唯东方朔下席，操笔跪而进，帝曰："大夫为朕言乎？"朔曰："臣游北极，至钟火之山，日月所不照，有青龙衔烛火以照。山之四极，亦有园圃池苑，皆植异木异草。有明茎草，夜如金灯，折枝为炬，照见鬼物之形。仙人宁封常服此草，于夜暝时，辄见腹光通外，亦名洞冥草。"帝令剉此草为泥，以涂云明之馆。夜坐此馆，不加灯烛。亦名照魅草。采以藉足，履水不沉。

有梦草，似蒲，色红。昼缩入地，夜则出，亦名怀莫。怀其叶，则知梦之吉凶，立验也。帝思李夫人之容，不可得，朔乃献一枝，帝怀之，夜果梦夫人。因改曰怀梦草。

有凤葵草，色丹，叶长四寸，味甘，久食令人身轻肌滑。赤松子饵之三岁，乘黄蛇入水，得黄珠一枚，色如真金，或言是黄蛇之卵，故名蛇珠，亦曰销疾珠。语曰：宁失千里驹，不失黄蛇珠。

有五味草，初生味甘，花时味酸，食之使人不眠，名曰却睡草。末多国献此草。此国人长四寸，织麟毛为布，以文石为床，人形虽小，而屋宇崇旷，织凤毛锦，以锦为帷幕也。

乌哀国，有龙爪薤，长九尺，色如玉。煎之有膏，以和紫桂为丸，服一粒，千岁不饥，故语曰：薤和膏，身生毛。

有掌中芥，叶如松子。取其子置掌中，吹之而生，一吹长一尺，至三尺而止，然后可移于地上。若不经掌中吹者，则不生也。食之能空中孤立，足不蹑地。亦名蹑空草。

帝常见彗星，东方朔折指星之木以授帝。帝以木指彗星，星寻则没也。星出之夜，野兽皆鸣。别说谓之兽鸣星。

有紫柰，大如斗，甜如蜜。核紫，花青，研之有汁如漆，可染衣。其汁着衣，不可澣浣。亦名暗衣柰。

有龙肝瓜，长一尺，花红叶素，生于冰谷。所谓冰谷素叶之瓜。

仙人瑕丘仲采药，得此瓜，食之，千岁不渴。瓜上恒如霜雪，刮尝，如蜜滓。及帝封泰山，从者皆赐冰谷素叶之瓜。

帝解鸣鸿之刀，以赐朔。刀长三尺，朔曰："此刀黄帝采首山之金铸之，雄已飞去，雌者犹存。"帝临崩，举刀以示朔，恐人得此刀，欲销之。刀于手中化为鹊，赤色，飞去云中。

有鹊衔火于清溪之上，鹊化成龙。

西域献虎龙，高七尺，映日看之，光如聚炬火。有童子遥见有黄鹄，白首，鼓翅于帝前，即方朔。着黄绫单衣，头已斑白。汉朝皆异其神化而不测其年矣。

善苑国尝贡一蟹，长九尺，有百足四螯，因名百足蟹。煮其壳，胜于黄胶，亦谓之螯胶，胜于凤喙之胶也。

帝常夕望，东边有青云起，俄而，见双白鹄集台之上，倏忽变为二神女，舞于台，握凤管之箫，抚落霞之琴，歌青吴春波之曲。帝舒暗海玄落之席，散明天发日之香，香出胥池寒国。地有发日树，言日从云出，云来掩日，风吹树枝，拂云开日光也。亦名开日树。树有汁，滴如松脂也。

有玄都翠水，水中有菱，碧色，状如鸡飞，亦名翔鸡菱。仙人凫伯子常游翠水之涯，采菱而食之，令骨轻，兼身生毛羽也。

有远飞鸡，夕则还依人，晓则绝飞四海，朝往夕还，常衔桂枝之实，归于南山，或落地而生。高七八尺，众仙奇爱之。到以酿酒，名曰桂醪。尝一滴，举体如金色。陆通尝饵黄桂之酒。祝鸡公善养鸡，得远飞鸡之卵，伏之名曰翻明鸡，如鹄大，色紫，有翼，翼下有目，亦曰目羽鸡。

帝于望鹄台西起俯月台，台下穿池，广千尺，登台以眺月，影入池中，使仙人乘舟弄月影，因名影娥池，亦曰眺蟾台。酌云菹酒，菹以玄草、黑蕨、金蒲、甜蓼，果以青樱、龙瓜、白芋、紫茎、寒蕨、地花、气葛，此葛于地下生花，入地十丈，乃得此葛。其根倒出，亦名金虎须，草因名紫须葛也。

影娥池中有游月船、触月船、鸿毛船、远见船，载数百人。或以青桂之枝为棹，或以木兰之心为楫，练实之竹为篙，纫石脉之为绳缆也。

石脉出晡东国，细如丝，可缒万斤。生石里，破石而后得。此脉萦绪如麻纻也，名曰石麻，亦可为布也。

影娥池中有鼍龟，望其群出岸上，如连璧弄于沙岸也。故语曰：夜未央，待龟黄。

影娥池北作鸣禽之苑，有生金树，破之，皮间有屑如金，而色青，亦名青金树。

有司夜鸡，随鼓节而鸣不息，从夜至晓，一更为一声，五更为五声，亦曰五时鸡。

有喜日鹅，至日出时衔翅而舞，又名曰舞日鹅。

有升蕖鸭，赤色，每止于芙蕖上，不食五谷，唯咂叶上垂露，因名垂露鸭，亦曰丹毛凫。

有女香树，细枝叶，妇人带之，香终年不减。

卷第四

武帝暮年，弥好仙术，与东方朔狎昵，帝曰："朕所好甚者不老，其可得乎？"朔曰："臣能使少者不老。"帝曰："服何药耶？"朔曰："东北有地日之草，西南有春生之鱼。"帝曰："何以知之？"朔曰："三足乌数下地食此草，羲和欲驭，以手掩乌目，不听下也，长其食此草。盖鸟兽食此草，则美闷不能动矣。"帝曰："子何以知乎？"朔曰："臣小时掘井，陷落地下数十年，无所托寄。有人引臣欲往此草，中隔红泉，不得渡，其人以一只屐与臣，臣泛红泉，得至此草之处，臣采而食之。其国人皆织珠玉为业，邀臣入云煓之幕，设玄珉雕枕，刻黑玉，铜镂为日月云雷之状，亦曰缕云枕。又荐蛟毫之白缛，以蛟毫织为缛也。此毫柔而冷，常以夏日舒之，因名柔毫缛。又有水藻之屏，臣举手拭之，恐水流湿其席，乃其光也。"

帝所幸宫人，名丽娟，年十四，玉肤柔软，吹气胜兰。不欲衣缨拂之，恐体痕也。每歌，李延年和之，于芝生殿唱回风之曲，庭中花皆翻落。置丽娟于明离之帐，恐尘垢污其体也。帝常以衣带系丽娟之袂，闭于重幕之中，恐随风而去也。丽娟以琥珀为佩，置衣裾里，不使人知，乃言骨节自鸣，相与为神怪也。

有丹虾，长十丈，须长八尺，有两翅，其鼻如锯。载紫桂之林，以须缠身急流，以为栖息之处。马丹尝折虾须为杖，后弃杖而飞，须化为丹，亦在海傍。

帝升望月台，时暝，望南端有三青鸭群飞，俄而止于台上，帝悦之。至夕，鸭宿于台端，日色已暗，帝求海肺之膏以为灯焉，取灵澻布为缠，火光甚微，而光色无幽不入。青鸭化为三小童，皆着青绮文缛，各握鲸文大钱五枚，置帝几前。身止影动，因名轻影钱。

元封三年，郅过国献能言龟一头，长一尺二寸，盛以青玉匣，广一尺九寸，匣上豁一孔以通气。东方朔曰："唯承桂露以饮之，置于通风之台上。"欲往卜，命朔而问焉，言无不中。

唯有一女人爱悦于帝，名曰巨灵。帝傍有青珉唾壶，巨灵乍出入其中，或戏笑帝前。东方朔望见巨灵，乃目之，巨灵因而飞去。望见化成青雀，因其飞去，帝乃起青雀台，时见青雀来，则不见巨灵也。

汉武帝内传

佚 名 撰

王根林 校点

校 点 说 明

　　《汉武帝内传》，又作《汉武内传》、《汉武帝传》，明清人有云为汉班固或晋葛洪撰者，皆无确据。《四库全书总目》云当为魏晋间士人所为，《守山阁丛书》集辑者清钱熙祚推测是东晋后文士造作，二说大致不差。

　　本书自汉武帝出生时写起，直至死后殡葬。其中略于军政大事，而详于求仙问道。特别对西王母下降会武帝之事，描叙详尽。本辑《汉武故事》亦写及此节，但语极简略。本书则大事铺叙，情节繁复，极尽渲染铺陈之能事。其文字亦错采缛丽，运用了汉赋排偶夸张的手法，具有较强的文学性。

　　本书道教意味浓郁，被收入《道藏》。此外，多种丛书皆收有此书。如《广汉魏丛书》、《说郛》、《粤雅堂丛书》等。清金山人钱熙祚刻《守山阁丛书》时，以《道藏》本、《太平广记》、《类说》等对本书作了校勘，并有校记，较为完善。今即以《守山阁丛书》本为底本，进行分段、校点。

汉武帝内传

孝武皇帝，《广记》句首有汉字。景帝子也。未生之时，景帝梦一赤彘从云中下，直入崇芳阁。景帝觉而坐阁下，果有赤龙如雾，来蔽户牖。宫内嫔御，望阁上有丹霞蓊蔚而起，霞灭，见赤龙盘回栋间。景帝召占者姚翁以问之。翁曰："吉祥也。此阁必生命世之人，攘夷狄而获嘉瑞，为刘宗盛主也。然亦大妖。"景帝使王夫人移居崇芳阁，欲以顺姚翁之言也。乃改崇芳阁为猗兰殿。旬余，景帝梦神女捧日以授王夫人，夫人吞之，十四月而生武帝。景帝曰："吾梦赤气化为赤龙，占者以为吉，可名之吉。"至三岁，景帝抱于膝上，抚念之，知其心藏洞彻。试问："儿乐为天子否？"对曰："由天不由儿。愿每日居宫垣，在陛下前戏弄，亦不敢逸豫，以失子道。"景帝闻而愕然，加敬而训之。他日，复抱置几前，试问："儿悦习何书？为朕言之。"乃诵伏羲以来群圣所录阴阳诊候，及龙图龟策数万言，无一字遗落。至七岁，圣彻过人，景帝令改名彻。

及即位，自景帝子也至此，藏本并脱去，依《广记》补。好长生之术，《广记》：好神仙之道。常祭名山大泽，《广记》：常祷祈名山大川五岳。按五岳即名山也，今依藏本。以求神仙。元封元年正月二字依《广记》补。甲子，祭《广记》：登。嵩山，起神《广记》：道。宫。帝斋七日，祠讫乃还。至四月戊辰，帝夜闲居承华殿，东方朔、董仲舒侍。《广记》侍作在侧二字。忽见一女子，著青衣，美丽非常。帝愕然问之，女对曰："我墉宫玉女王子登也，向为王母所使，从昆山来。"昆山，昆仑山也。《广记》改昆山为昆仑山而删注。语帝曰："闻子轻四海之禄，藏本：尊。依《广记》改。寻道求生，降帝王之位，而屡祷山岳。勤哉！有似可教者也。从今百日清斋，不闲人事，不治也。至七月七日，王母暂来也。"帝下席，跪诺。言讫，玉此字依《广记》补。女忽然不知所在。帝问东方朔："此何人？"朔曰："是西王母紫兰室《广记》：宫。玉女，常传使命，往来扶桑，出入灵州，交关常阳，传言玄都。阿母昔以出配北烛仙人，近又召还，使领命禄，真灵官也。"

帝于是登延灵之台，盛斋存道，其四方之事，权委于冢宰焉。至七月七日，乃修除宫掖之内，设座殿上，《广记》：设坐大殿。以紫罗荐地，燔百和之香，张云锦之帐，《广记》：帏。然九光之灯，设《广记》：列。玉门之枣，酌此字依《广记》补。蒲萄之酒，《广记》：醴。躬监肴物，《广记》：宫监香果。为天官之馔。帝乃盛服立于陛《广记》：阶。下，敕端门之内，不得妄有二字《广记》倒。窥者。内外寂谧，静肃也。以俟《广记》：候。云驾。

至二唱之后，即二更也。《广记》改二唱为二更而删注。忽天《广记》：见。西南如白云起，郁然直来，径藏本：遥。依《广记》改。趋宫庭间。须臾转近，闻五字依《广记》补。云中有箫鼓之声，人马之响。复半食顷，王母至也。县投殿前，有似鸟集。或驾龙虎，或乘音乘。狮子，或御白虎，《广记》无此二句。或骑白麏，音麟。或控白鹤，或乘轩藏本：科。依《广记》改。车，或乘天马，此句依《广记》补。群仙数万，《广记》：千。光耀庭宇。既至，从官不复知此字依《广记》补。所在。唯见王母乘紫云之辇，驾九色斑龙，别有五十天仙，侧近鸾舆，皆身长一丈，《广记》：皆长丈余。同执彩毛之节，佩此字依《广记》补。金刚灵玺，戴天真之冠，藏本：带天策，无之冠二字，依《广记》补正。咸住殿前。《广记》：下。王母唯扶二侍女上殿，年可十六七，服青绫之褂，古兮切，裾也，上服。容眸流眄，莫见切，邪视也，作盼非。神姿清发，真美人也。王母上殿，东向坐，著黄锦《广记》：金。袷襦，上夹下蜀，无絮长襦也。文采鲜明，光仪淑穆。带灵飞大绶，腰《广记》有佩字，乃浅人增也。后文云腰流黄挥精之剑。分头《广记》：景。之剑。头上大华结，上花下髻。戴太真晨婴之冠，履元琼凤文之舄。俗刻有映朗云栋神光昳晔二句。检《广记》亦无之，未知所本。视之可年卅许，修短得中，天姿掩蔼，容藏本：云。依《广记》改。颜绝世，真灵人也。下车登床，帝拜跪，二字《广记》倒。问寒温《广记》：暄。毕，立如也。《广记》无此二字。

因呼帝共坐，帝南面，向王母。母自设膳，膳精非常。《广记》：自设天厨精妙非常。丰珍之肴，《广记》：上果。芳华百果，《广记》：味。紫芝萎蕤，华盛貌。纷若填楱。上音田，下音螺。清香之酒，非地上所有，香藏本：甘。依《广记》改。气殊绝，帝不能名也。又命侍女《广记》有更字。索桃，《广记》有果字。须臾，以鎜盤，《广记》作玉盘二字。曾慥《类说》作柈。盛《广记》有仙字。桃七枚，《广记》：颗。下同。大如鸭子，《广记》：卵。形圆，此字依《广记》补。色青，以呈王母。母以四枚与帝，自食三桃。桃之甘美，口有盈味。帝食辄录核。录，留也。《广记》改录为收而删注。母曰："何谓?"《广记》：王母问帝。帝曰："欲种之耳。"母曰："此桃三千岁《广记》：年。一生实耳，中夏地薄，种之不生如何!"帝乃止。于坐上酒筋数过，《广记》：遍。王母乃命侍女王子登弹八琅之璈，又命侍女董双成吹云龢之笙，又命侍女石公子击昆庭之钟，又命侍女许飞琼鼓震灵《类说》：灵虚。之簧，侍女阮凌华拊五灵之石，拊，循也。石，如鸣球之类也。侍女范成君击洞庭《广记》：湘阴。之磬，侍女段安香作九天之钧。于是众声澈朗，灵音骇空。又命侍女安法婴歌元灵之曲。其词曰："大象虽寥廓，我把天地户。披云沉灵舆，倏忽适下土。空洞成元音，至灵不容冶。太真嘘中唱，始知风尘苦。颐神三田中，纳精六阙下。遂乘万龙辖，藏本椿，依《文选·游仙诗》注改。驰骋眇九野。"

二曲曰："元圃遏北台，五城焕嵯峨。启彼无涯津，泛此织女河。仰上升绛庭，下游月窟阿。顾眇八落外，指招九云遐。忽已不觉劳，岂寤少与多。抚璈命众女，咏发感中和。妙畅自然乐，为此玄云歌。按，上文作元灵。韶尽至韵存，真音辞无邪。"

歌毕，帝乃下地叩头，自陈曰："彻武帝自称名。受质不才，沉沦流俗，承禅先业，遂羁世累。政事多阙，兆民不和，风雨失节，五谷无实。德泽不建，寇盗四海。黔首劳毙，户口减半。当非其主，积罪邱山。然少好道，仰慕灵仙，未能弃禄委荣，栖迹山林，思绝尘饵，罔知攸向。且舍世寻真，钻启无师。岁月见及，恒虑奄忽。不图天颜顿集，今日下臣有幸得瞻上圣，是臣宿命合得度世。愿垂哀怜，赐诸不悟，得以奉承切己之教。"

王母曰："女音汝，后同。能贱荣乐卑，耽虚味道，自复佳耳。然女情恣体欲，淫乱过甚，杀伐非法，奢侈其性。恣则裂身之车，淫为破年之斧，杀则响对，奢则心烂，欲则神陨，聚秽命断。以子蕴在会切。尔之身，而宅灭形之残，盈尺之材，攻以百仞之害，欲此《类说》无此字。解脱三尸，全身永久，难可得也。有似无翅之莺，愿鼓翼天池。朝生之虫，而乐春秋者哉!若能荡此众乱，拨秽易韵，保神焘于绛府，闭淫宫而开悟，静奢侈于寂室，爱众生而不危。守兹道戒，思乎灵味，务施惠和，练惜精气,弃却浮丽,令百竞速游。女行若斯之事,将岂无仿佛也。如其不尔,无为抱石而济长津矣。"帝跪受圣戒:"请事斯语。养生之要,既闻之矣。然体非玉石,而无主于恒。炁非四时,而常生于内,政当承御出入,呼吸中适,和液得循,形神靡错,炁既随宜,则魂魄不滞。若使理合其分,炁甄居延切,察也。其适,则形可不枯,宅可不废。昔受道书,具以施业之矣。遂不获真验,未为巨益,使精神疲于往来,津液劳于出入,岁减其始,月亏其昔,形亦渐凋,神亦废落。是彻不得所奉于口诀,开暗塞于明堂尔。不审服御可以永久者,吐纳可以延年者,乞赐长生之术,暂悟于行尸之身。若蒙圣诰于即日,臣伏听丽天之教矣。"王母曰:"昔先师元始天王时,及闲居登于蠢霄之台。侍者天皇扶桑大帝君,及九真诸王,十方众神仙官。爰延弟子丹房之内,说元微之言。因问我:何为而欲索长存矣?吾因避席叩头,请问长生之术。天王登见,遗以要言,辞深旨幽,实天人之元观,上帝之奇秘,女今日愿闻之乎?"帝跪曰:"彻小丑贱生,枯骨之余,敢以不肖之躯而慕龙凤之年! 欲以朝花之质,希晦朔之期。虽乐远流,莫知以济,涂路坚塞,所要无寄。常恐一旦死于钻仰之难,取笑于世俗之夫。岂图今日遭遇光会,一睹圣姿,而精神飞扬,恍惚大梦。如以涉世千年救护死归之日,乞愿垂哀,诰赐彻元元。"

　　王母曰:"将告女要言。我曾闻天王曰:夫欲长生者,宜先取诸身,但坚守三一,保尔旅族。金瑛夹草,广山黄本,昌城玉蕊,夜山火玉,逮及凤林鸣酢,音醋。西瑶琼酒,中华紫蜜,北陵绿阜,太上之药。风实云子,玉津金浆,月精万寿,碧海琅菜,蓬莱文丑,浊河七荣,动山高柳。北采玄都之绮华,仰漱云山之朱蜜。夜河天骨,昆吾漆沫,空洞灵瓜,四劫一实。宜陵麟胆,炎山夜日。东掇扶桑之丹椹,俯采长河之文藻。素虹童子,九色凤脑,太真虹芊,音芝。天汉巨草。南宫火碧,西乡扶老。三梁龙华,生子大道。有得食之,后天而老。此太上之所服,非中仙之所保。其次药有八光太和,斑龙黑胎,文虎白沫,出于西邱。七元飞节,九孔连珠,云浆玉酒,元圃琼腴,钟山白胶,王屋青敷,阆风石髓,黑阿珊瑚。蒙山白凤之肺,灵邱苍鸾之血。东英朱菜,九节交结,太微嘉禾,琼华脑实,流渊鲸眼,赤河绛璧。北汲太元之酪,中握二仪之脉。云淏藜艾,昆邱神雀,广夜芝草,流渊青狄,真陵雷精,元都平盖。左食神元,右阆玄濑。上屈兰圆之金精,下摘圆邱之紫奈。鸾水灵垎,八陔赤薤,万载一生,流光九队。有得食之,后天而逝。此天帝之所服,非此字以意补。下仙之所逮。其次药有九丹金液,紫华红英,太清九转,五云之浆,元霜绛云,腾跃三黄。东瀛白香,炎洲飞生。八石十芝,威僖九光。西流石胆,东沧青钱。高邱余粮,精石琼田。太虚还丹,盛次金兰,长光绿草,云童飞千。子得服之,白日升天。此飞仙之所服,地仙之所见也。其下药有松柏之膏,山姜沉精,乌草泽泻,枸杞茯苓,菖蒲门冬,巨胜黄菁,云飞赤版,桃胶朱英,椒麻续断,萎蕤黄连。如此下药,略举其端。草类繁多,名有数千。子得服之,可以延年。虽不长享无期,上升青天,亦能身生光泽,还发童颜,役使群鬼,得为地仙。要且录此,有阶渐寻远胜也。是以天官远妙,灵药别品,灵无奇挺,真仙有域。今不可谓呼吸六气,安在一身。灌溉三官,近出阿庭,浅薄其术,弃而不为,其大戆者也!夫呼吸御精,保明神炁,足以精不脱则永久,炁常存则不死,既得其和,其寿不已。又复不用药物之烦费,营索之劬劳者也。百姓日用,故上品谓之自然者矣。但不得游乎十天,飞我八外,自得纵身于四域之内,亦驻策众灵焉。夫始欲修之,《广记》:身。先《广记》:当。营其气,太上《广记》:仙。真经所谓行益易之道,益者,益精;易者,易形。能益能易,名上仙籍;不益不易,不离死厄。行益易者,谓常思灵宝也。灵者,神也;宝者,精也。子但爱精握固,闭气吞液。气化《广记》有为字。下三句同。血,血化精,精化液,《广记》:精化为神,神化为液。比藏本多一句。液化骨,行之不倦,神精充溢。为之一年易气,二年易血,三年易脉,《广记》:精。四年易宾,音肉。《广记》宾作脉。五年易髓,六年易筋,七年易骨,《广记》筋骨二字互易。八年易发,九年易形。形易则变化,藏本:变化易形。依《广记》改。变化则道成,道成则位为仙。人吐纳六气,口中甘香,欲食灵芝,存得其味,微息把吞,从心所适。气者,水也,无所不成,至柔之物,通致神精矣。此元始天王《广记》有在字。丹房之中所说微言。藏本:微言所说依《广记》乙转。今敕侍笈玉女李庆孙书出,《广记》出作录之二字。以相付,子善录而修藏本:循。依《广记》改。焉。"

　　于是王母言粗毕，《广记》：言语既毕。啸命灵官，使驾龙严车欲去。帝下席二字依《广记》补。叩头，请留殷勤。王母乃止。王母乃遣侍女郭密香，与上元夫人相问，云："王九光母敬谢，但不相见四千余年。《广记》有矣字。天事劳我，致以愆面。刘彻好道，适来视之，见彻了了，藏本无见字，依《广记》补。似可成进。然形慢神秽，脑血淫漏，五藏不淳，关胃彭勃，骨无津液，浮反外内，《广记》：脉浮反升。宾多精少，瞳子不夷，三尸狡乱，元白失时，《广记》有虽当二字。语之《广记》有以字。至道，殆恐非仙才。《广记》有也字。吾久在人间，实为藏本：谓。依《广记》改。臭浊。然时复可游，望以写细《广记》：思。念。庸《类说》：客。主对坐，悒悒不乐。夫人肯《广记》：可。暂来否？若能屈驾，当停相须。"帝不知上元夫人何神人也，又见侍女下殿，俄藏本：仍。依《广记》改。失所在。须臾，郭侍女返，上元夫人又遣《广记》有一字。侍女答藏本有相字。依《广记》删。问云："阿环再拜，上问起居。远隔绛河，扰以官事，遂替颜色，近五千年。仰恋光润，情系藏本：系系。依《广记》改。无违。密香至，奉信，承降尊于刘彻处，闻命之际，登当颠倒。《广记》：命驾。先被大帝君敕，藏本有使字。依《类说》删。诣元洲，校定天元，正尔暂往。藏本：住。依《类说》改。如是当还，还便束带，须臾《广记》：愿暂。少留。"帝因问上元夫人由。《广记》：帝因问王母："不审上元何真也？"

　　王母曰："是三天真皇之母，藏本及《广记》并无此四字，俗刻本有之，存以俟考。上元之官，统领十方玉女之名录者也。"当二时许，此句《广记》作"俄而"二字，《类说》作"时顷"二字，盖约其文。上元夫人至，来时亦闻云中箫鼓之声。既至，从官文武千余人，皆《广记》并是二字。女子，年同《广记》：皆。十八九许，形容明逸，多服青衣，光彩耀日，真灵官也。夫人年此字依《广记》补。可廿余，天姿清辉，《广记》：精耀。灵眸绝朗，服赤霜《广记》：青霜。之袍，云彩乱色，非锦非绣，不可名字。头作三角髻，余发散垂之至腰，戴九灵《广记》：云。夜光之冠，带《广记》：曳。六出火玉之珮，垂凤文琳华之绶，腰流黄挥精之剑。上殿向王母拜，王母坐而止之，呼同坐，北向。夫人设厨，厨之《广记》：亦。精珍，与王母所设者相似。王母敕帝曰："此真元之母，尊贵之神，女当起拜。"帝拜，此字依《广记》补。问寒温，还坐。夫人笑曰："五浊之人，耽湎荣利，嗜味淫色，固其常也。且彻以天子之贵,其乱目者,倍于常人焉。而复于华丽之墟,拔嗜欲之根,此句藏本但有振根二字,依《广记》改补。愿无为之事,良有志也。"《广记》:矣。王母曰:"所谓有心哉!"

上元夫人谓帝曰:"女好道乎?闻数招方士,祭山岳,祠灵神,祷河川,亦为勤矣。《广记》有勤字。而不获者,实有由也。女胎性暴,胎性奢,胎性淫,《广记》奢淫二字互易。胎性酷,胎性贼,五者恒舍于荣卫之中,五藏之内,虽锋铓二字《广记》作获。良针,固难愈矣。暴则使气奔而神攻,是故神扰而气竭。淫则使精漏而魂疲,是故精竭而魂消。奢则使真离而魄藏本:魂。依《广记》改。秽,是故本游《广记》:命逝。而灵臭。《广记》:失。酷则使丧仁而自攻,是故失仁而服《广记》:眼。乱。贼则使心斗而口干,是故内战而外绝。五者《广记》:此五事者。皆是截身之刀锯,刳命之斧铖。《广记》:斤。虽复疲《广记》:志。好于长生,而不能遣兹五难,亦何为损性而自劳乎?然由是得此小益,以自知往尔。若从今已,《类说》无此字,俗刻上句往字移在已下,于文为顺。舍尔五性,反诸柔善,明务察下,慈务矜冤,藏本:怨。依《广记》改。惠务济穷,《广记》:贫。赈务施劳,念务存孤,惜务及身,恒为阴德,救济死厄,亘久《广记》:旦夕。孜孜,不泄精液,于是闭诸淫,养尔《广记》:汝。神,放诸奢,从至俭,勤斋戒,节饮食,绝五谷,去臭《广记》:膻。腥,鸣天鼓,饮玉浆,荡华池,叩金梁,按而行之,当有冀耳。藏本:冀作异,依《类说》改。今阿母迁天尊之重,驾降螳蛄之窟,屈霄虚之灵鸾,诣孤鸟之俎。此四句依《类说》,孤《广记》作狐。且阿母至戒,妙唱元发,《广记》:音。验其敬勤节度,明修所奉,比及百年,阿母必能致女于玄都之墟,迎女于昆阙《广记》:闾。之中,位以仙官,游迈《广记》:于。十方。吾言之毕矣,《广记》:信吾言矣。子厉之哉!若不能尔,无所言矣。"

帝下席跪谢曰:"臣受性凶顽,生长乱浊,面墙不启,无由开达。然贪生畏死,奉灵敬神。今日受教,此乃天也。辄戢圣令《广记》:彻戢圣命。以为身范,是小丑之臣当获生活,唯垂哀护,愿赐元元。"夫人使帝还坐。王母谓夫人曰:"卿之戒言,《广记》:为戒。言甚急切,更使未解之人,畏于至意。"夫人曰:"若其志道,将以身投饿虎,忘躯破灭,蹈火履水,固于一志,必无忧也。若其无忠志,《广记》:若其志道。则心疑真信,《广记》:心凝真性。嫌惑之徒,勿《广记》:不。畏急言。急言之发,欲成其志耳。阿母既有念,必当赐以尸解之方耳。"王母曰:"此子勤心已久,而不遇良师,遂欲毁其正志,当疑天下必无仙人。是故发我二字《广记》倒。阆宫,暂舍尘浊,既欲坚其仙志,又欲令向化不惑也。今日相见,令人念之。至于尸解下方,吾甚不惜。复《广记》:后。三年,吾必欲赐以成丹半剂,石象散一具,与之则彻不得复停。当今匈奴未弥,边陲有事,何必令其仓卒舍天下之尊,而便入林岫也。但当问笃向之志,必卒何如。如其回改,吾方数来。"王母因抚帝背曰:"女用上元夫人至言,必得长生,可不勖勉。"《广记》有耶字。帝跪曰:"彻书之金简,以身模《广记》:佩。之焉。"帝又见王母巾笈《类说》:巾箱。中,有卷子小书,《广记》有一卷书。盛以紫锦之囊。帝问:"此书是仙灵之方邪? 不审其目,可得瞻盻否?"此字依《广记》补。

王母出以示之曰:"此《五岳真形图》也。昨青城诸仙就我求请,二字《广记》倒。今此字依《广记》补。当过以付之。乃三天太上所出,其文秘禁极重,其字依《类说》补。岂女秽质所宜佩乎? 今且与汝《灵光生经》,可以通神劝志《广记》:心。也。"帝下地叩头,固请不已。王母曰:"昔上皇清虚元年,三天太上道君下观六合,瞻河海之短长,二字《广记》倒。察邱岳《广记》:山。之高卑,藏本有名字。依《广记》删。立天柱而依《广记》补。安于地理,植五岳而拟诸镇辅,贵昆陵以舍灵仙,尊藏本:遵。依《广记》改。蓬邱以馆真人,安水神乎《广记》:于。极阴之源,栖太帝于扶桑之墟。于是方丈之阜,为理命之室;沧浪海岛,养九老之堂。祖瀛元炎,长元流生,凤麟聚窟,各为洲名。并在沧流大海元津之中,水则碧黑俱流,波则振荡群精。诸仙玉女,聚于《广记》:居。沧溟,其名难测,其实分明。乃因川源之规矩,睹河岳之盘曲。陵回阜转,山高陇长,周旋委蛇,《广记》:逶迤。形似书字。是故因象制名,定实之号。画《广记》:书。形秘于元台,而出为灵真之信。诸仙佩之,皆如传章,道士执之,经行山川。百神群灵,尊奉亲迎。女虽不正,然数访山泽,叩求之志,不忘于道。欣子有心,今以相与,当深奉慎,如事君父,泄示凡夫,必致祸及也。"藏本及作考,依《广记》改。又,文澜阁本作"祸必及也"。

上元夫人语帝曰:"阿母今以琼笈妙蕴,发紫台之文,赐女八会之书,《五岳真形》,可谓至珍且贵,上帝之元观矣。子自非受命合神,弗见此文。今虽得其真形，观其妙理，而无五帝六甲左右灵飞之符，太阴六丁通真遁虚《广记》：逐灵。玉女之箓，太阳六戊招神天光策精之书，左乙混沌东蒙之文，右庚素收摄藏本：撮。依《广记》改。杀之律，壬癸六遁隐地八术丙丁入火九赤班之符，六辛入金致黄水月华之法，六己石精金光藏影化形之方，子午卯酉八禀十诀，六灵威仪丑辰未戌地真素诀，长生紫书，三五顺行寅申巳亥紫度炎光内视中方。凡阙此十二事者，《广记》有当字。何以召山灵，朝地神，总摄万精，驱策百鬼，来《广记》：束。虎豹，役蛟龙乎？子所谓适知其一、未见其他也。"

帝下席叩头曰："彻下土浊民，不识清真，今日闻道，是生命会遇。圣母今当赐与《广记》：以。《真形》，修以度世。夫人今告彻，应须五帝六甲六丁六戊致灵之术，既蒙启发，宏益无量。唯愿告诲，济臣饥渴。得使已枯之木，蒙灵阳之润；焦炎之草，幸甘雨之溉。不敢多陈，愿赐指授。"上元夫人曰："我无此文也。昔曾扶广山见青真小童，有此金书秘字，云求道益命，千端万绪，皆须五帝六甲灵飞之术，六丁六壬名字之号，得以请命延算，长生久视，驱策众灵，役使百神者也。其无六甲要事，唯守《真形》者，于通灵之来，必无阶矣。女有心可念，故相告篇目耳。幸复广加搜访焉。"帝固请不已，叩头流血。上元夫人曰："吾无此文，所以相示十二事者，欲令女广寻博求，以参《真形》之用耳。"

王母乃告上元夫人曰："夫《真形》宝文灵官所贵。此子守求不已，誓以必得。故亏科禁，特以与之。然五帝六甲，通真招神，此术眇邈，必藏本有当字。依《广记》删。须精《广记》：清。洁至诚，殆非流浊所宜施行。吾今既赐彻以《真形》，夫人藏本有今字。依《广记》删。当授《广记》有之字。以致灵之途矣。吾尝忆昔日与夫人共登元陇朔野，及曜真之山，视王子童，王子童藏本：立。依上文改。乃就吾请求二字《广记》倒。太上隐书。吾以三元秘言，不可传泄于中仙，夫人时亦有言，见守《广记》无。助《广记》有于字。子童之言志矣。吾既难违来意，不独执惜。至于今日之事，有以相似。后造朱火丹陵，食灵瓜，其味甚好，忆此未久，而已七千岁矣。夫人既已告彻篇目十二事毕，必当匠而成之，何缘二字《广记》倒。令人主稽颡《广记》：首。请乞，叩头流血耶？"上元夫人曰："阿环不苟惜，向不持来耳。此是太虚群文真人赤童所出，传之既自有男女之限禁，又宜授得道者。恐彻下才，未应用《广记》：得。此耳。"

王母色不平，乃曰："若天禁漏泄，犯违明科，传必其人，授必知真者，何缘夫人向下才而说灵飞之篇目乎？妄言则漏，妄说则泄，说《广记》：泄。而不传，是谓衒天道，此禁岂轻于传也？《广记》：耶。别敕三官司直推夫人之轻泄也。吾之《五岳真形》文，乃太上天皇所出，其文宝妙而为天仙之信，岂复应下授之于刘彻也耶？直以《广记》有彻字。孜孜之心，数请川岳，勤修斋戒，以求神仙之应。志在度世不遭明师。故吾等有以下眄之耳。至于教仙之术，不复限惜而弗传。夫人但有致灵之方，能独执之乎？吾今所以授彻《真形》文者，非谓其必能得道，欲使其精诚有验，求仙之不惑，可以诱进向化之徒。又欲令悠悠者知天地间有此自夫人但有致灵之方灵字起至此，藏本并脱去，依《广记》补。灵真之事，足以却不信之狂夫耳。吾意在是矣。《广记》：此也。然此子性气淫暴，服精不纯，何能得成真仙，浮空参差十方乎？勤而行之，适足以不死耳。《广记》：适可度于不死耳。明科所云：非长生难也，闻道难；非闻道难也，行之难，非行之难也，终之难。良匠能与人规矩，不能使人必巧；明师能授人妙术，不能使人必为。何足藏本有其字，依《广记》删。隐之也。《广记》：耶。夫人不当忆向为长桑公子请吾求八光挥疾药玉树方乎？"

上元夫人有惭色，跪谢曰："谨受命矣。但五字依《广记》补。阿环昔幼学道于广都之邱，建木丹诚术数未成之时，倒景君、无常先生。此二人，盖太清元和天之灵官也。见授六甲左右灵飞方十二事。初授之日，二君告阿环曰：初学道者，听四十年一传；得道者，四百年一传；得仙者，四千年一传；得真者，四万年一传；得升太上者，四十万年一传。女受传女，男受传男，太上科禁，已表于昭生之符矣。阿环受书以来，凡传六十八女子，贤大女郎抱兰，即阿环之弟子也。阿环所授者，固不可以授男也。伏见扶广山青真小童，往受藏本：授。依《广记》改。太微中元君五帝六甲灵飞遁虚天光左右策精等方，凡十二事，与阿环所受者同。文二字《类说》倒。一无异也。青真，男官也，未闻复有所授。此子先是阿环学入火弟子，《广记》：青真是环入火弟子，所受六甲未闻别授于人，彼男官也。文与藏本异。今正敕取，《广记》有之将二字。以授彻也。先所以告彻篇目者，意是愍其有心，将欲坚其专气，令且广求。他日与之，亦欲以男授男，承科而行，既勤而获，《广记》：使勤而方获。令知天真之珍贵。《广记》有耳字。非徒苟执，炫泄天道矣。本情如此，阿环主臣，愿不罪焉。阿母《真形》之妙，灵人传信，天仙宝贵，封之金台，佩入紫微。乃经行而前，卫门大虎却伏抱关出，过太清则振身瑶房。左遨沧海，长揖东蒙，右接常阳，下盼版桐。泛彼八海，则乘蚪从龙；游此名山，则众真奉迎。动有云轮羽盖，静可长存永安，至术洪矣。初不传地官，阿母今乃授于淫浊之尸，赐于枯骨之身，可谓太不宜矣！况阿环有六甲下术，唯驱策百灵，致日月之华精，藏匿形影，化生万物，出入水火，唾叱杳冥，彻视反听，收束千精。乘虎豹以驱驰，采月华以长生。隐沦八地，回倒辰星，久视轻身，与天相倾耳。安得及太上之灵书，八会之奇文乎？用之眇邈，可以游景灵之宫，纷纷飙飙，登流霞之堂臣。五岳之主，挹蕊醴之觞，驾九龙以虚腾，落紫鸿而元翔耶？"王母笑曰："先失自可恕乎？"

　　上元夫人即命侍女纪离容，径到扶广山，敕青真小童，出六甲左右灵飞致神之方十二事，来以授彻也。须臾，侍女还，捧八色玉笈，凤文之蕴，以出六甲之文。六字依《广记》补。元光明曜，真华炜焕。云："青真小童问讯弟子阿昌言：向奉诣《广记》：使。绛河，摄南真七元君，检校群龙猛兽之数，事毕过门受教。承阿母相邀，诣刘彻家，不意天灵至尊，乃复下降于臭浊中也。不审起居比来二字依《广记》补。文澜阁本二字在起居上。如何？二字《广记》倒。侍女纪离容至，云：尊母此字依《广记》补。欲得金书秘字六甲灵飞左右策精之文十二事，欲授刘彻。四字依《广记》补。辄封一通付信曰：二字依《广记》补。彻虽有心求慕，实非仙才。讵宜以此术传泄于行尸乎？阿昌近在帝处，见有上言者甚众，云：山鬼哭于藜林，孤魂号于绝域，《类说》绝作异。兴师旅而族有功，忘赏劳而刑士卒。纵横白骨，烦藏本：奢。依《广记》改。扰黔首，淫酷自恣，罪已彰于太上，怨已见于天气。嚣言互闻，必不得度世也。真尊见敕，不敢违耳。"王母笑《广记》：叹。曰："言此子者诚多怨，《广记》：然。属下读。帝亦不必推也。夫好道慕仙者，精诚志念，斋戒思愆，辄除过一月；克己反善，奉敬真神，存真守一，行此一月，辄除过一年。彻念道累年，斋亦勤积，《广记》：

矣。屡祷名山真灵，愿求度脱，校计功过，殆以相掩。但自今已去，勤修至诚，奉上元夫人之言，不宜复奢淫暴虐，使万兆劳残，冤魄_{《广记》：魂。}穷鬼，有被掘之诉，流血之尸，忘功赏之辞耳。"

　　于是上元夫人离_{《广记》：下。}席起立，手执八色玉笈，凤文之蕴，仰天向帝而祝曰："九天浩洞，太上耀灵。神照玄寂，清虚朗明。登虚者妙，守气者生，至念道臻，寂感真诚。役神形辱，安精年荣。授彻灵飞，及此六丁。左右招神，天光策精。可以步虚，可以隐形，长生久视，还白留青。我传有四万之纪，授彻，传在四十之龄。违犯泄漏，祸必族倾。反是天真，_{二句依《广记》补。}必沉幽冥。_{藏本沉下有于字，依《广记》删。}尔其慎祸，_{藏本：必慎其祸。依《广记》改。}敢告刘生。尔师主是_{《广记》有真字。}青童小君，太上中黄道君之师真，元始天王入室弟子也。姓延陵，名阳，字庇华。形有婴孩之貌，故仙官以青真小童为_{藏本：之。依《广记》改。}号。其为器也，环朗洞照，圣周万变。元镜幽鉴，才为真隽。游于扶广，权此始运。宫馆元圃，治仙职分。子存师君，从尔所愿，不存所授，命必倾陨。"_{《广记》：沦。}上元夫人祝毕，乃一一手指所施用节度，以示帝焉。_{以字焉字，并依《广记》补。}

　　第一篇，有五帝六甲左右灵飞之符。

　　第二篇，有六丁通真遁虚玉女之篆。

　　第三篇，有太阳六戊招神天光策精之书。

　　第四篇，有左乙混沌东蒙之文。

　　第五篇，有右庚素收摄_{藏本：撮。依后文改。}杀之律。

　　第六篇，有壬癸六遁隐地八术之方。

　　第七篇，有丙丁入火九赤班文之符。

　　第八篇，有六辛入金致黄水月华之法。

　　第九篇，有六己石精金光藏影化形之方。

　　第十篇，有子午卯酉八禀十诀六灵威仪。

　　第十一篇，有辰戌丑未地真曲素之诀，长生紫书三五顺行。

　　第十二篇，有寅申巳亥紫度炎光内视中方。

　　凡十二事都毕，因复告帝曰："夫五帝者，方面之天精；六甲者，_{藏本及《广记》并无此字，俗刻本有之，应考。}六位之通灵。太阴有潜空之妙，遁灵履机之神,秋含春挺,千真之生。动则寂应成波,静则川陵缅平。所以毫末不移,浩岳可倾赫哉!太阳之招神,策万灵而驱驰,六戊飞而神畅。天光因景以扬晖,西乡激电而砰磕,东桑空震以成雷。盖阳灵之曷赫,实九天之元威。左乙混洞,万物始通,阳微其升,苍晖应龙。轻云扬景,飙胎潜风。神妙集于有宅,真感应而必钟。万春回始,是为东蒙。右庚素秋,敛散聚气,摄万神而我役。白虎动以彭勃,少女起而通真。延九天之昒视,金精地灵,来为身卫。缄彼邪恶,故称摄杀之律。壬癸六遁,沉沦无根,藏蔽万锋,移行邱山,隐地匿影,崩流塞川,八术六奇,万胜常全,佩我六遁,久视长存。丙丁入火,凌烟云汉,九赤龙书,翳蔚朗焕。尔用斑符,致千灵以朝谒;乃由丙神,回丹火以冲散。炎光上术,妙乎异观,六辛入金,飞害销磨。致日精,得阳光之珠;求月魄,获黄水之华。能致八石之灵菌,能引扶桑之丹霞。酣云浆于丹庭,腾碧川于元河。其用少矣!有益盖多。佩此六辛,必造我家。六巳石精,金液流光,变化万端,千载执当!佩我六巳,易形游行,长生毕天,无复始终。玄哉巳书,甚要难冲,子午卯酉,大神四界,方面峙镇,八禀十诀。降灵之来,必由斋祭。万事取成于精慎,千神求通于此术。知我名字,天人可致。丑辰未戌,地真之符。游行五岳,当用紫书。曲素诀辞,可以凌虚。三五顺行,与灵同车。寅申巳亥,可禳飞灾。紫度炎光,内视反听。神辞通达,六甲收摄。地司游天,践地,与真。不疑夫此十二事者,上帝封于元景之台,子其秘慎之焉!"

王母曰:"此皆太灵群文,并三天太上所撰,或三皇天真所造校定,或九天文母真人赤童所出。此辈书符,藏藏本有之字,依《广记》删。于紫陵之台,隐以灵坛之房,封以华琳之函,韫以兰简《广记》:茧。之帛,约以北《广记》:紫。罗之素,印以太帝之玺。诸名真贵灵下游山川,看林岫以眇视,察有心之学夫。或告之以道德,或传之以天符。诸学道未成者,受此书文,听四十年授一人;如无其人,八十年可顿授二人。得道者,四百年授一人,无其人,八百年并授二人。得仙者,四千年授一人,如无其人,八千年可顿授二人。得真者,四万年授一人,如无其人,八万年顿授二人。升太上者,四十万年授一人。传非其人,是为泄天道，可授而《广记》：得其人。不传，是为闭《广记》：蔽。下同。天宝。不计限而妄授者，是为轻天老。受而不敬，是为慢天藻。泄、闭、轻、慢，四者取死之刀斧，延祸之车乘也。泄之《广记》无。者身死《广记》有于字。道路，受土《广记》：上。刑而骸裂。闭则目盲耳聋于来生，《广记》：世。命凋柱而卒殁。轻则钟祸于父母，诣玄都而考罚；慢则暴终而堕恶道，生弃疾于后世。复有愈兹罪者，则宗断而族灭。同道谓之天亲，同心谓之地爱。为道者当相亲授，共均荣辱，营守真一，珍惜精液，恭养和气，气全神归，心齐灵会。如其不尔，天降尔疠，此皆道之科禁，今故《广记》：故以。相诫，不可不慎！然此法宜传，但当以年限齐之尔。若便有其人，不必须限讫而授之也。汝欲授《五岳真形》者，董仲舒似其人也。欲行六甲灵飞左右之符者，可传李少君。此二人，得道者也。"

王母又命侍女宋灵宾更取一图与帝，灵宾探怀中得一卷，盛以云锦之囊，形书精明，俱如向巾器中者。王母起立，手以付帝。又祝曰："天高地卑，五岳镇形。元津激㲋，沧泽元精。天回九道，六和长平。太上八会，飞天之成。真仙节信，由兹通灵。泄坠灭腐，宝归长生。彻其慎之，敢告刘生！"祝毕，授帝。帝拜稽首，王母曰："夫始学道符者，宜别祭五岳诸仙真灵洁斋而佩之。今亦以六甲杂事须用节度相与，可明依案之也。若女遂克明正身，反恶修善，后三年七月，后原作复，依《类说》改。更来告女要道也。"须臾，殿南朱雀窗中，忽有一人来窥看仙官。帝惊问："何人？"王母曰："女不识此人耶？是女侍郎东方朔，是我邻家小儿也。性多滑稽，曾三来偷此桃。此子昔为太上仙官，太上四字依《类说》补。令到方丈山此字依《类说》补。助三天司命收录仙家。朔到方丈，但务山水游戏，了不共营和气，擅弄雷电，激波扬风，风雨失时，阴阳错迕。致令蛟鲸陆行，山崩境坏，海水暴竭，黄鸟宿渊。妨农芸田，沉湎玉酒，失部御之和，亏奉命之科。于是九源丈人乃言之于太上，太上遂谪斥，使在人间，去太清之朝，令处臭浊之乡。近金华山二仙人及九疑君，比为陈乞，以行原之。"于是帝乃知朔非世俗之徒也。

时酒酣周宴，言请粗毕，上元夫人自弹云林之璈，鸣弦骇调，清音

灵朗,玄风四发,乃歌《步元》之曲,辞曰:

> 昔涉元真道,腾步登太霞。负笈造天关,借问太上家。
> 忽过紫微垣,真人列如麻。绿景清飙起,云盖映朱葩。
> 兰宫敞琳阙,碧空启瑜沙。丹台结空构,昈昈生光华。
> 飞凤踶薆峙,烛龙倚委蛇。玉胎来绛芝,九色纷相拿。
> 把景练仙骸,万劫方童牙。谁言寿有终,扶桑不为查。

王母又命侍女田四飞《广记》: 非。答歌曰:

> 晟登太霞宫,把此八玉兰。夕入玄元阙,采蕊掇琅玕。
> 濯足鲍瓜河,织女立津盘。吐纳把景云,味之当一餐。
> 紫微何济济,瑜轮复朱丹。朝发汗漫府,暮宿句陈垣。
> 去去道不同,且如体所安。二仪设犹存,奚疑亿万椿。
> 莫与世人说,行尸言此难。

歌毕,因告武帝仙官从者姓名,及冠带执佩物名,所以得知而纪焉。至明旦,王母别去。上元夫人谓帝曰:"夫李少君者,专念精进,理妙微密,必得道矣。其似未有六甲灵飞之文,女当可以示之。"帝曰:"诺。"于是夫人与王母同乘而去。临发,人马龙虎,威仪此二字《广记》作导从音乐四字。如初来时。云气勃蔚,《广记》:云彩郁勃。尽为香气。极望西南,良久乃绝。

于是帝既见王母及上元夫人,乃信天下有神仙之事,亦有欲去世计数矣,而淫色恣性,杀伐不休。兆人怨于劳役,死者怨于无辜。其年作甘泉宫、通天台、长安蜚廉馆。朝鲜王攻辽东,都尉乃募天下死罪击朝鲜。八月,甘泉宫内生芝草九茎,诏曰:"甘泉宫中产芝,九茎联叶,上帝博临,不异下房赐朕宏休。其大赦天下。"赐云阳都百户牛酒,作《芝房》之歌。至元封三年春,作角抵戏三百人。至元封四年,又行幸雍祠五畤。至元封五年,行内守。《汉书》作南巡守。至于盛唐,祠虞舜于九疑,登灊山、天柱山。春三月,还至泰山,增封甲子。祠高祖于明堂,以配上帝,因朝诸侯王。元封六年,行幸回中,作首山宫。三月,行幸河东,祠后土。又先以元封二年七月七日,西王母、上元夫人下降于武帝,王母授帝《五岳真形图》、《灵光生经》,上元夫人授六甲灵飞招真十二事。王母及上元夫人见帝之日,多所称说,或延年之诀，致神灵之法，或乘虚之数，步元之术，诸要妙辞。帝乃自撰《广记》有集字。为一卷，及所授《真形》《经书》六甲灵飞之事。帝乃盛以黄金之箱，封以白玉之函，以珊瑚为轴，紫锦为帏囊，安著柏梁台上，数自斋戒整衣服亲诣朝拜，烧香盥漱，然后执省之焉。

帝自受书已来，出入六年，意旨自畅，《广记》：清畅。高韵自许，藏本有云字，依《广记》删。以为神真见降，必当度世，《类说》当作获。强悍气力，不修至诚。《广记》：德。乃《广记》：更。兴起台馆，劳弊百姓，《广记》：万民。坑杀降卒，《广记》：坑降杀服。远征夷狄，路盈怨叹，流血皋《广记》：膏。城。每事不从王母之深言，上元夫人之妙诫，二真遂不复来也。藏本二真作王母，依《类说》改。到太初元年十一月乙酉，藏本：乙丑。依《广记》改。与《汉书·武帝纪》合。天火烧柏梁台。于是《真形图》、六甲五帝四字依《类说》补。《灵飞经》录十二事、《灵光生经》生字依《类说》补。及自撰所受自灵飞经至此十五字，藏本并脱去，依《广记》补。者，凡四卷共函烧失。《广记》：作并函并失。《类说》作并烧失不存。王母当藏本：尝。依《广记》改。以《广记》：知。武帝不能从训，故以火灾之耳。但帝先承王母言，以元封三年七月斋戒，以《五岳真形图》授董仲舒登受；帝又承上元夫人言，以元封四年七月斋戒，以五帝六甲灵飞十二事授李少君登写受，此书得传行于世者，先传此二君以存矣。帝既失书，悔不行德，自知道丧。其后东方朔一旦乘云龙飞去，同时众人见从西北上冉冉，二字藏本作一再字，依《广记》改。仰望良久，二字依《广记》补。大雾覆之，不知所在，《广记》：适。帝愈懊恼。《类说》恼作恨。其年禅蒿里，祠后土，东临渤海，望祠蓬莱，仰天自誓，重要灵应，而终无感。春，还受计于甘泉，二月，起建章宫。夏五月，正历以正月为岁首，色尚黄，数用五，定官名、协律吕，此本王母意也。至太初二年三月，行幸河东，祠后土。以太初三年正月行幸，东巡海上。夏四月，还，修封泰山。以太初四年起明光宫，改号天汉。元年正月，行幸河东，祠后土。至天汉二年春，行幸东海，还，幸回中。三月，行幸泰山，修封祠明堂。至太始三年五月，行幸东海，山称万岁。冬，赐行所道户钱五千余，鳏寡孤独者，人帛一匹。太始四年三月，行幸泰山，祠西王母，求灵应。征和四年春，行幸东莱，临大海，清斋，祀王母、上元夫人求应亦不得。还，行幸泰山，修封。庚寅，祀于明堂，改号后元。元三正月，行幸甘泉宫，郊泰畤。秋七月，地震，涌泉。二年春，朝诸侯王于甘泉宫，赐宗室。二月，帝疾，行幸盩厔《广记》有西憩二字。五柞宫。丁卯，帝崩，入殡未央《广记》有宫字。前殿。

三月，葬茂陵。山陵之夕，帝棺自动而有声，闻宫外，如此数过。《广记》：遍。又有芳香之气异常。陵毕，于是坟埏间大雾，门《广记》有柱字。坏。雾经一月许日。帝冢中先有一玉箱，一玉杖，此是西胡康渠王所献，帝甚爱之，故入梓宫中。其后四年，有人于扶风市中买得此二物。帝时左右侍人，有识此物，是先帝所珍玩者，自此是西胡康渠王至此，藏本但云此二物是帝所蓄用者，忽出在世间，人见其志云云，与《广记》文异。盖二书互有删改，遂令彼此参差，难于归并。以《广记》所引文较详，故从之。告之有司，《广记》：因认以告。有司诘辞，《广记》：之。买者，乃商人也。从关外来诣鄠市，《广记》有其日二字。见一人于北车巷《广记》有中字。卖此二物，责素《广记》：青布。三十匹，钱九万，即售之。度实不知卖箱杖主名，昨来洛市，因见诘此二物，事实如辞。《广记》：此。有司以闻，二物簿入官，遣商人勿问。《广记》：商人放还，诏以二物付太庙。文与藏本异。帝未崩时，先诏以杂书四十余卷，《广记》：又帝崩时遗诏以杂经三十余卷。常所读玩者，使随身敛于棺内。

至元康藏本：延康。《广记》：建康。并东汉时年号，去武帝远矣。《纬略》作元康，乃宣帝年号也，今从之。二年，河东功曹李友，入上党抱犊山采药，于岩室中得所葬之书，盛以金箱，书卷后题东观臣姓名，记书月日，武帝时也。河东太守张纯，以经箱奏进。《纬略》引作张纯以箱及书奏上之。帝问自武帝时也至此十七字，藏本并脱去，依《广记》补。武帝时《广记》有左右二字。侍臣，有典书《广记》有中字。郎冉登，见书《广记》：经。下同。及箱，流涕《广记》有对字。曰："此是孝武皇帝殡敛时物也。臣当时藏本：时料。依《广记》改。以著棺中，《广记》：梓宫中。不知何缘得出耳。"宣帝大怆然惊愕，以书交付武帝庙中。其茂陵安完如故，而书箱玉杖忽出地外；又物尚鲜盛，无点污也。见之者亦甚惑，不能名之矣。按《九郁《广记》：都。龙真经》云：得仙之下者，皆先死。过太阴中，炼尸骸，度地户，然后乃得尸解去耳。按武帝箱杖杂书，先并随身入椁，乃从无间忽然显出，货杖于市，书见山室，自非神变幽妙，孰有《广记》：能。如此者乎？明武帝之死，尚未可知应运灵化。此下应有脱文。又王莽篡位到地皇二年，莽使通祭汉家诸陵，言符瑞之意，使者到茂陵，闻地中大噫咤而长叹者四，使者悚怖以闻莽。莽曰："武帝当恨吾祠祭之晚耳。"又特更祭以太牢。

所葬书目：

《老子经》二卷。

《太上紫文》十三卷。

《灵跞经》六卷。

《太素中胎经》六卷。

《天柱经》九卷。

《六龙步元文》七卷。

《马皇受真术》四卷。

汉 武 故 事

佚 名 撰
王根林 校点

校 点 说 明

　　《汉武故事》，又名《汉武帝故事》，其作者，前人有汉班固、晋葛洪、南齐王俭诸说。然皆无确凿证据。今人刘文忠综合前说，又据书中反映的社会现象，推论当为建安前后人，较为合理（刘文载《中华文史论丛》1984 年第二辑）。

　　此书记载汉武帝从出生到死葬茂陵的传闻佚事，属于汉武帝传说系统中的一部传记小说。其主要内容，是武帝为求长生不老而求仙问道，同时也写了"金屋藏娇"、"相如论赋"等杂事。其行文简雅拙质，不事雕琢，然能注意渲染气氛，人物对话亦有个性，对后代传奇小说产生一定影响。

　　传世的《汉武故事》版本颇多，多种丛书，如《古今说海》、《古今逸史》、《说郛》等，均收有本书。鲁迅《古小说钩沉》所辑本书，以《初学记》、《艺文类聚》、《太平御览》等多种类书及有关正史详加校勘，并著校记，比较精备。今即以此本为底本，略去校记，改正明显错字，加新式标点，付梓出版。

汉武故事

汉景皇帝王皇后内太子宫，得幸，有娠，梦日入其怀。帝又梦高祖谓己曰："王夫人生子，可名为彘。"及生男，因名焉。是为武帝。帝以乙酉年七月七日旦生于猗兰殿。年四岁，立为胶东王。数岁，长公主嫖抱置膝上，问曰："儿欲得妇不？"胶东王曰："欲得妇。"长主指左右长御百余人，皆云不用。末指其女问曰："阿娇好不？"于是乃笑对曰："好！若得阿娇作妇，当作金屋贮之也。"长主大悦，乃苦要上，遂成婚焉。是时皇后无子，立栗姬子为太子。皇后既废，栗姬次应立，而长主伺其短，辄微白之。上尝与栗姬语，栗姬怒弗肯应。又骂上老狗，上心衔之。长主日潜之，因誉王夫人男之美，上亦贤之，废太子为王，栗姬自杀，遂立王夫人为后。胶东王为皇太子时，年七岁，上曰："彘者彻也。"因改曰彻。

丞相周亚夫侍宴，时太子在侧。亚夫失意，有怨色，太子视之不辍，亚夫于是起。帝问曰："尔何故视此人邪？"对曰："此人可畏，必能作贼。"帝笑，因曰："此怏怏非少主臣也。"

廷尉上因。防年继母陈杀父，因杀陈。依律，年杀母，大逆论。帝疑之，诏问太子。太子对曰："夫继母如母，明其不及母也，缘父之爱，故比之于母耳。今继母无状，手杀其父，则下手之日，母恩绝矣。宜与杀人者同，不宜大逆论。"帝从之，年弃市。议者称善。时太子年十四，帝益奇之。

及即位，常晨往夜还。与霍去病等十余人，皆轻服为微行。且以观戏市里，察民风俗。尝至莲勺通道中行，行者皆奔避路上。怪之，使左右问乏，云有持载前呵者数十人。时微行率不过二十人，马七八匹，更步更骑，衣如凡庶，不可别也，亦了无骑御，而百姓咸见之。

元光元年，天星大动；光耀焕焕竟天，数夜乃止。上以问董仲舒，对曰："是谓星摇人，民劳之妖也。"是时谋伐匈奴，天下始不安，上谓仲舒妄言，意欲诛之。仲舒惧，乞补刺史以自效，乃用为军候，属程不识屯雁门。

太后弟田蚡欲夺太后兄子窦婴田，婴不与，上召大臣议之。群臣多是窦婴，上亦不复穷问，两罢之。田蚡大恨，欲自杀。先与太后诀，兄弟共号哭诉太后。太后亦哭弗食。上不得已，遂乃杀婴。后月余日，蚡病，一身尽痛，若击者。叩头复罪。上使视鬼者察之，见窦婴笞之。上又梦窦婴谢上属之，上于是颇信鬼神事。

陈皇后废处长门宫，窦太主以宿恩犹自亲近。后置酒主家，主见所幸董偃。

陈皇后废，立卫子夫为皇后。初，上行幸平阳主家，子夫为讴者，善歌，能造曲，每歌挑上，上意动，起更衣，子夫因侍衣得幸。头解，上见其美发，悦之，欢乐。主遂内子夫于宫。上好容成道，信阴阳书。时宫女数千人，皆以次幸。子夫新入，独在籍末，岁余不得见。上释宫人不中用者出之，子夫因涕泣请出。上曰："吾昨梦子夫庭中生梓树数株，岂非天意乎？"是日幸之，有娠，生女。凡三幸，生三女。后生男，即戾太子也。

淮南王安好学多才艺，集天下遗书，招方术之士，皆为神仙，能为云雨。百姓传云："淮南王，得天子，寿无极。"上心恶之，征之。使觇淮南王，云王能致仙人，又能隐形升行，服气不食。上闻而喜其事，欲受其道。王不肯传，云无其事。上怒，将诛，淮南王知之，出令与群臣，因不知所之。国人皆云神仙或有见王者。常恐动人情，乃令斩王家人首，以安百姓为名。收其方书，亦颇得神仙黄白之事，然试之不验。上既感淮南道术，乃征四方有术之士，于是方士自燕齐而出者数千人。齐人李少翁，年二百岁，色如童子，上甚信之，拜为文成将军，以客礼之。于甘泉宫中画太一诸神像，祭祀之。少翁云："先致太一，然后升天，升天然后可至蓬莱。"岁余而术未验。会上所幸李夫人死，少翁云能致其神，乃夜张帐，明烛，令上居他帐中遥见李夫人，不得就视也。

李少君言冥海之枣大如瓜，种山之李大如瓶也。

文成诛月余日，使者籍货关东还，逢之于漕亭。还言见之，上乃疑；发其棺，无所见，唯有竹筒一枚。捕验间无纵迹也。

上微行至于柏谷，夜投亭长宿，亭长不内，乃宿于逆旅。逆旅翁谓上曰："汝长大多力，当勤稼穑；何忽带剑群聚，夜行动众，此不欲为盗则淫耳。"上默然不应，因乞浆饮，翁答曰："吾止有溺，无浆也。"有顷，还内。上使人觇之，见翁方要少年十余人，皆持弓矢刀剑，令主人妪出安过客。妪归，谓其翁曰："吾观此丈夫，乃非常人也；且亦有备，不可图也。不如因礼之。"其夫曰："此易与耳！鸣鼓会众，讨此群盗，何忧不克。"妪曰："且安之，令其眠，乃可图也。"翁从之。时上从者十余人，既闻其谋，皆惧，劝上夜去。上曰："去必致祸，不如且止以安之。"有顷，妪出，谓上曰："诸公子不闻主人翁言乎？此翁好饮酒，狂悖不足计也。今日具令公子安眠无他。"妪自还内。时天寒，妪酌酒多与其夫及诸少年，皆醉。妪自缚其夫，诸少年皆走。妪出谢客，杀鸡作食。平明，上去。是日还宫，乃召逆旅夫妻见之，赐妪金千斤，擢其夫为羽林郎。自是惩戒，希复微行。时丞相公孙雄数谏上弗从，因自杀，上闻而悲之，后二十余日有柏谷之逼。乃改殡雄，为起坟冢在茂陵旁，上自为诔曰："公孙之生，污渎降灵。元老克壮，为汉之贞。弗予一人，迄用有成。去矣游矣，永归冥冥。呜呼夫子！曷其能刑。载曰：万物有终，人生安长；幸不为夭，夫复何伤。"雄尝谏伐匈奴，为之小止。雄卒，乃大发卒数十万，遣霍去病讨胡，杀休屠王。获天祭金人，上以为大神，列于甘泉宫。人率长丈余，不祭祝，但烧香礼拜。天祭长八尺，擎日月，祭以牛。上令依其方俗礼之，方士皆以为夷狄鬼神，不宜在中，因乃止。

凿昆池，积其土为山，高三十余丈。又起柏梁台，高二十丈，悉以香柏，香闻数十里，以处神君。神君者，长陵女子也，死而有灵。霍去病微时，数自祷神君，乃见其形，自修饰，欲与去病交接，去病不肯，神君亦惭。及去病疾笃，上令为祷神君，神君曰："霍将军精气少，寿命不长。吾尝欲以太一精补之，可得延年，霍将军不晓此意，遂见断绝。今疾必死，非可救也。"去病竟死。上乃造神君请术，行之有效，大抵不异容成也。自柏梁烧后，神稍衰。东方朔取宛若为小妻，生三人，与朔同日死。时人疑化去，弗死也。

薄忌奏："祠太一用一太牢，为坛开八通鬼道，令太祝立其祠长安东南。"上祀太畤祭,常有光明照长安城如月光。上以问东方朔曰:"此何神也?"朔曰:"此司命之神,总鬼神者也。"上曰:"祠之能令益寿乎?"对曰:"皇者寿命悬于天,司命无能为也。"

上少好学,招求天下遗书,上亲自省校,使庄助、司马相如等以类分别之。尤好辞赋,每所行幸及奇兽异物,辄命相如等赋之。上亦自作诗赋数百篇,下笔即成,初不留意。相如作文迟,弥时而后成,上每叹其工妙,谓相如曰:"以吾之速,易子之迟,可乎?"相如曰:"于臣则可,未知陛下何如耳?"上大笑而不责也。

上喜接士大夫,拔奇取异,不问仆隶,故能得天下奇士。然性严急,不贷小过,刑杀法令,殊为峻刻。汲黯每谏上曰:"陛下爱才乐士,求之无倦,比得一人,劳心苦神。未尽其用,辄已杀之。以有限之士,资无已之诛。臣恐天下贤才将尽于陛下,欲谁与为治乎?"黯言之甚怒,上笑而喻之曰:"夫才为世出,何时无才!且所谓才者,犹可用之器也;才不应务,是器不中用也;不能尽才以处事,与无才同也。不杀何施!"黯曰:"臣虽不能以言屈陛下,而心犹以为非。愿陛下自今改之,无以臣愚为不知理也。"上顾谓群臣曰:"黯自言便辞,则不然矣;自言其愚,岂非然乎?"时北伐匈奴,南诛两越,天下骚动。黯数谏争,上弗从,乃发愤谓上曰:"陛下耻为守文之士君,欲希奇功于争表;臣恐欲益反损,取累于千载也。"上怒,乃出黯为郡吏。黯忿愤,疽发背死。谥刚侯。

上尝辇至郎署,见一老翁,须鬓皓白,衣服不整。上问曰:"公何时为郎,何其老也?"对曰:"臣姓颜名驷,江都人也,以文帝时为郎。"上问曰:"何其老而不遇也?"驷曰:"文帝好文而臣好武;景帝好老而臣尚少;陛下好少而臣已老;是以三世不遇。故老于郎署。"上感其言,擢拜会稽都尉。

天子至鼎湖病甚,浮水发根言于上曰:"上郡有神,能治百病。"上乃令发根祷之,即有应。上体平,遂迎神君会于甘泉,置之寿宫。神君最贵者大夫,次大禁司命之属,皆从之。非可得见,闻者音与人等。来则肃然风生,帷幄皆动。于北宫设钟簴羽旗以礼神君。神君所言,上辄令记之,命曰画法。率言人事多,鬼事少。其说鬼事与浮屠相类；欲人为善，责施与，不杀生。

齐人公孙卿谓所忠曰："吾有师说秘书言鼎事，欲因公奏之。如得引见，以玉羊一为寿。"所忠许之。视其书而有疑，因谢曰："宝鼎事已决矣，无所复言。"公孙卿乃因郎人平时奏之。有札书言："宛侯问于鬼区臾，区曰，帝得宝鼎，神策延年，是岁乙酉，朔旦冬至，得天之纪，终而复始。于是迎日推算，乃登仙于天。今年得朔旦冬至，与黄帝时协。臣昧死奏。"帝大悦，召卿问。卿曰："臣受此书于申公，已死，尸解去。"帝曰："申公何人？"卿曰："齐人安期生同受黄帝言，有此鼎书。申公尝告臣：言汉之圣者，在高祖之曾孙焉。宝鼎出，与神通，封禅得上太山，则能登天矣。黄帝郊雍祠上帝，宿斋三月，鬼区臾尸解而去，因葬雍，今大鸿冢是也。其后黄帝接万灵于明庭，甘泉是也。升仙于寒门，谷口是也。"

上为伐南越，告祷泰一。为泰一锋旗，命曰灵旗，画日月斗，大吏奉以指所伐国。

拜公孙卿为郎，持节候神。自太室至东莱，云见一人，长五丈，自称巨公，牵一黄犬，把一黄雀，欲谒天子，因忽不见。上于是幸缑氏，登东莱，留数日，无所见，惟见大人迹。上怒公孙卿之无应，卿惧诛，乃因卫青白上云："仙人可见，而上往遽以故不相值。今陛下可为观于缑氏，则神人可致。且仙人好楼居，不极高显，神终不降也。"于是上于长安作飞廉观，高四十丈；于甘泉作延寿观，亦如之。

上巡边至朔方，还祭黄帝冢桥山。上曰："吾闻黄帝不死，今有冢，何也？"公孙卿曰："黄帝已仙上天，群臣思慕，葬其衣冠。"上叹曰："吾后升天，群臣亦当葬吾衣冠于东陵乎？"乃还甘泉，类祠太一。

上于未央宫以铜作承露盘，仙人掌擎玉杯，以取云表之露，拟和玉屑，服以求仙。

栾大有方术，尝于殿前树旌数百枚，大令旌自相击，繙繙竟庭中，去地十余丈，观者皆骇。

帝拜栾大为天道将军，使著羽衣，立白茅上，授玉印；大亦羽衣，立白茅上受印；示不臣也。

栾大曰："神尚清净。"上于是于宫外起神明殿九间。神室：铸铜为柱，黄金涂之，丈五围，基高九尺，以赤玉为陛，基上及户，悉以碧石，椽亦以金，刻玳瑁为龙虎禽兽，以薄其上，状如隐起，椽首皆作龙形，每龙首衔铃流苏悬之，铸金如竹收状以为壁，白石脂为泥，渍椒汁以和之，白密如脂，以火齐薄其上，扇屏悉以白琉璃作之，光照洞彻，以白珠为帘，玳瑁押之，以象牙为蔑，帷幕垂流苏，以琉璃珠玉，明月夜光，杂错天下珍宝为甲帐，其次为乙帐，甲以居神，乙以自御，俎案器服，皆以玉为之，前庭植玉树，植玉树之法，葺珊瑚为枝，以碧玉为叶，花子或青或赤，悉以珠玉为之，子皆空其中，小铃枪枪有声，蔕标作金凤皇，轩翥若飞状，口衔流苏，长十余丈，下悬大铃，庭中皆壁以文石，率以铜为瓦，而淳漆其外，四门并如之，虽昆仑玄圃，不是过也。上恒斋其中，而神犹不至，于是设诸伪使鬼语作神命云："应迎神，严装入海。"上不敢去，东方朔乃言大之无状，上亦发怒，收大，腰斩之。

东方朔生三日，而父母俱亡，或得之而不知其始；以见时东方始明，因以为姓。既长，常望空中独语。后游鸿濛之泽，有老母采桑，自言朔母。一黄眉翁至，指朔曰："此吾儿。吾却食服气，三千年一洗髓，三千年一伐毛；吾生已三洗髓、三伐毛矣。"

朔告帝曰："东极有五云之泽，其国有吉庆之事，则云五色，著草木屋，色皆如其色。"

帝斋七日，遣栾宾将男女数十人至君山，得酒，欲饮之。东方朔曰："臣识此酒，请视之。"因即便饮。帝欲杀之，朔曰："杀朔若死，此为不验；如其有验，杀亦不死。"帝赦之。

东郡送一短人，长七寸，衣冠具足。上疑其山精，常令在案上行，召东方朔问。朔至，呼短人曰："巨灵，汝何忽叛来，阿母还未？"短人不对，因指朔谓上曰："王母种桃，三千年一作子，此儿不良，已三过偷之矣，遂失王母意，故被谪来此。"上大惊，始知朔非世中人。短人谓上曰："王母使臣来，陛下求道之法：唯有清净，不宜躁扰。复五年，与帝会。"言终不见。

帝斋于寻真台，设紫罗荐。

王母遣使谓帝曰："七月七日我当暂来。"帝至日，扫宫内，然九华灯。七月七日，上于承华殿斋，日正中，忽见有青鸟从西方来集殿前。

上问东方朔，朔对曰："西王母暮必降尊像上，宜洒扫以待之。"上乃施帷帐，烧兜末香，香，兜渠国所献也，香如大豆，涂宫门，闻数百里。关中尝大疫，死者相系，烧此香，死者止。是夜漏七刻，空中无云，隐如雷声，竟天紫色。有顷，王母至：乘紫车，玉女夹驭，载七胜履玄琼凤文之舄，青气如云，有二青鸟如乌，夹侍母旁。下车，上迎拜，延母坐，请不死之药。母曰："太上之药，有中华紫蜜云山朱蜜玉液金浆，其次药有五云之浆风实云子玄霜绛雪，上握兰园之金精，下摘圆丘之紫奈，帝滞情不遣，欲心尚多，不死之药，未可致也。"因出桃七枚，母自啖二枚，与帝五枚。帝留核着前。王母问曰："用此何为？"上曰："此桃美，欲种之。"母笑曰："此桃三千年一著子，非下土所植也。"留至五更，谈语世事，而不肯言鬼神，肃然便去。东方朔于朱鸟牖中窥母，母谓帝曰："此儿好作罪过，疏妄无赖，久被斥退，不得还天；然原心无恶，寻当得还。帝善遇之。"母既去，上惆怅良久。

后上杀诸道士妖妄者百余人。西王母遣使谓上曰："求仙信邪？欲见神人，而先杀戮，吾与帝绝矣。"又致三桃曰："食此可得极寿。"使至之日，东方朔死。上疑之，问使者。曰："朔是木帝精为岁星，下游人中，以观天下，非陛下臣也。"上厚葬之。

上幸梁父，祠地主，上亲拜，用乐焉；庶羞以远方奇禽异兽及白雉白鸟之属。其日，上有白云，又有呼万岁者。禅肃然，白云为盖。

上自封禅后，梦高祖坐明堂，群臣亦梦，于是祀高祖于明堂，以配天。还作高陵馆。

上于长安作蜚帘观，于甘泉作延寿观，高二十丈。又筑通天台于甘泉，去地百余丈，望云雨悉在其下。春至泰山，还作道山宫，以为高灵馆。又起建章宫为千门万户，其东凤阙，高二十丈，其西唐中，广数十里，其北太液池，池中有渐台，高三十丈。池中又作三山，以象蓬莱、方丈、瀛洲，刻金石为鱼龙禽兽之属，其南方有玉堂璧门大鸟之属，玉堂基与未央前殿等去地十二丈，阶陛咸以玉为之，铸铜凤皇，高五丈，饰以黄金栖屋上。又作神明台井幹楼，高五十余丈，皆作悬阁辇道相属焉。其后又为酒池肉林，聚天下四方奇异鸟兽于其中，鸟兽能言能歌舞，或奇形异态，不可称载。其旁别造奇华殿，四海夷狄器服珍宝充之，琉璃珠玉火浣布切玉刀，不可称数。巨象大雀，师子骏马，充塞苑厩，自古已来所未见者必备。又起明光宫，发燕赵美女二千人充之。率取年十五已上二十已下，满四十者出嫁，掖庭令总其籍，时有死出者补之。凡诸宫美人，可有七八千。建章、未央、长乐三宫，皆辇道相属，悬栋飞阁，不由径路。常从行郡国，载之后车。与上同辇者十六人，员数恒使满；皆自然美丽，不假粉白黛黑。侍衣轩者亦如之。上能三日不食，不能一时无妇人；善行导养术，故体常壮悦。其有孕者，拜爵为容华，充侍衣之属。

宫中皆画八字眉。

甘泉宫南有昆明，中有灵波殿，皆以桂为柱，风来自香。

未央庭中设角抵戏，享外国，三百里内皆观。角抵者，六国所造也；秦并天下，兼而增广之；汉兴虽罢，然犹不都绝。至上复采用之，并四夷之乐，杂以奇幻，有若鬼神。角抵者，使角力相抵触者也。其云雨雷电，无异于真，画地为川，聚石成山，倏忽变化，无所不为。

骊山汤初始皇砌石起宇，至汉武又加修饰焉。

大将军四子皆不才，皇后每因太子涕泣，请上削其封。上曰："吾自知之，不令皇后忧也。"少子竟坐奢淫诛。上遣谢后，通削诸子封爵，各留千户焉。

上巡狩过河间，见有青紫气自地属天。望气者以为其下有奇女，必天子之祥。求之，见一女子在空馆中，姿貌殊绝，两手一拳。上令开其手，数百人擘莫能开，上自披，手即申。由是得幸，为拳夫人。进为婕妤，居钩弋宫。解皇帝素女之术，大有宠，有身，十四月产昭帝。上曰："尧十四月而生，钩弋亦然。"乃命其门曰尧母门。从上至甘泉，因幸告上曰："妾相运正应为陛下生一男，七岁妾当死，今年必死。宫中多蛊气，必伤圣体。"言终而卧，遂卒。既殡，香闻十里余，因葬云陵。上哀悼，又疑非常人，发冢，空棺无尸，唯衣履存焉。起通灵台于甘泉，常有一青鸟集台上往来，至宣帝时乃止。

望气者言宫中有蛊气。上又见一男子带剑入中龙华门，逐之弗获。上怒，闭长安城诸宫门，索十二日，不得，乃止。

治隋太子反者，外连郡国数十万人。壶关三老郑茂上书，上感悟，赦反者。拜郑茂为宣慈校尉，持节徇三辅，赦太子。太子欲出，疑弗实。吏捕太子急，太子自杀。

上幸河东，欣言中流，与群臣饮宴。顾视帝京，乃自作《秋风辞》曰："泛楼船兮汾河，横中流兮扬素波。箫鼓吹，发櫂歌，极欢乐兮哀情多。"顾谓群臣曰："汉有六七之厄，法应再受命。宗室子孙，谁当应此者？六七四十二，代汉者，当涂高也。"群臣进曰："汉应天受命，祚逾周殷，子子孙孙，万世不绝。陛下安得亡国之言，过听于臣妾乎？"上曰："吾醉言耳！然自古以来，不闻一姓遂长王天下者，但使失之非吾父子可矣。"

上欲浮海求神仙，海水暴沸涌，大风晦冥，不得御楼船，乃还。上乃言曰："朕即位已来，天下愁苦，所为狂勃，不可追悔。自今有妨害百姓费耗天下者，罢之。"田千秋奏请罢诸方士，斥遣之。上曰："大鸿胪奏是也。其海上诸侯及西王母驿悉罢之。"拜千秋为丞相。

行幸五柞宫，谓霍光曰："朕去死矣！可立钩弋子，公善辅之。"时上年六十余，发不白，更有少容，服食辟谷，希复幸女子矣。每见群臣，自叹愚惑："天下岂有仙人，尽妖妄耳！节食服药，故差可少病。"自是亦不服药，而身体皆瘠瘦。一二年中，惨惨不乐。三月丙寅，上昼卧不觉。颜色不异，而身冷无气，明日色渐变，闭目。乃发哀告丧。未央前殿朝晡上祭，若有食之者。葬茂陵，芳香之气异常，积于坟埏之间，如大雾。常所御，葬毕，悉居茂陵园。上自婕妤以下二百余人，上幸之如平生，而旁人不见也。光闻之，乃更出宫人，增为五百人，因是遂绝。

始元二年，吏告民盗用乘舆御物，案其题，乃茂陵中明器也，民别买得。光疑葬日监官不谨，容致盗窃，乃收将作匠下击长安狱考讯。居岁余，郿县又有一人于市货玉杯，吏疑其御物，欲捕之，因忽不见。县送其器，又茂陵中物也。光自呼吏问之，说市人形貌如先帝。光于是默然，乃赦前所系者。岁余，上又见形谓陵令薛平曰："吾虽失世，犹为汝君，奈何令吏卒上吾山陵上磨刀剑乎？自今已后可禁之。"平顿首谢，忽然不见。因推问，陵旁果有方石，可以为砺，吏卒常盗磨刀剑。霍光闻，欲斩陵下官，张安世谏曰："神道茫昧，不宜为法。"乃止。

甘泉宫恒自然有钟鼓声，候者时见从官卤簿似天子仪卫，自后转稀，至宣帝世乃绝。

宣帝即位，尊孝武庙曰世宗。奏乐之日，虚中有唱善者。告祠之日，曰鹄群飞集后庭。西河立庙，神光满殿中，状如月。东莱立庙，有大鸟迹，竟路白，龙夜见。河东立庙，告祠之日，白虎衔肉置殿前；又有一人骑白马，马异于常马，持尺一札，赐将作丞。文曰："闻汝绩克成，赐汝金一斤。"因忽不见，札乃变为金，称之有一斤。广川告祠之明日，有钟磬音，房户皆开，夜有光，香气闻二三里。宣帝亲祠甘泉，有顷，紫黄气从西北来，散于殿前，肃然有风；空中有妓乐声，群鸟翔舞蔽之。宣帝既亲睹光怪，乃疑先帝有神，复招诸方士，冀得仙焉。

白云趣宫。

汉成帝为赵飞燕造服汤殿，绿琉璃为户。

一画连心细长，谓之连头眉，又曰仙蛾妆。

高皇庙中御衣自箧中出，舞于殿上。冬衣自下在席上。平帝时，哀帝庙衣自在押外。

裴 子 语 林

[晋] 裴 启 撰

王根林 校点

校 点 说 明

《裴子语林》,又作《裴启语林》,晋裴启撰。裴启字荣期,河东闻喜(今山西闻喜)人,处士。

该书辑录汉魏至晋代知名士人传闻轶事及人物间精彩对话,可视作魏晋时期清谈风气的产物。不少内容,为稍后的南朝宋刘义庆《世说新语》所袭取。此书甫问世,即在当时产生很大影响。"裴郎作《语林》,始出,大为远近所传。时流年少,无不传写,各有一通。"(《世说新语·文学》)《续晋阳秋》指出:"时人多好其事,文(指《裴子语林》)遂流行。"可见它的风行,是因为适应了当时的社会思潮。

该书由于得罪了当时的当权者谢安,被禁废不传,只保存在《世说新语》及唐宋的一些类书中。清人马国瀚《玉函山房辑佚书》及王仁俊《玉函山房辑佚书补编》对此书作了辑录。本世纪初,鲁迅又作了大量辑录工作,始命名为《裴子语林》,收入《古小说钩沉》。该本虽在引用书及编排等方面存在一些失误,但是收罗宏备,校勘仔细。今即以《古小说钩沉》本为底本,再校以他本,予以标点出版。

裴子语林

娄护,字君卿,历游五侯之门。每旦,五侯家各遗饷之。君卿口厌滋味,乃试合五侯所饷之鲭而食,甚美。世所谓五侯鲭,君卿所致。

胡广本姓黄,五月生,父母置诸瓮中,投之于江。胡翁见瓮流下,闻有小儿啼声,往取,因以为子。遂登三司。广后不治本亲服,世以为讥。

张衡之初死,蔡邕母胎孕,此二人才貌相类,时人云:邕是衡之后身。

陈元方遭父丧,形体骨立,母哀之,以锦被蒙其上。郭林宗往吊,见锦被而责之。宾客绝百许日。

傅信字子思,遭父丧,哀恸骨立,母怜之,窃以锦被蒙其上。林宗往吊之,见被,谓之曰:"卿海内之俊,四方是则;如何当丧,锦被蒙上?"郭奋衣而去。自后宾客绝百许日。

傅信恣母,母羸病,恒惊悸。傅信乃取鸡凫灭毛,施于承尘上;行落地,母辄恐怖。

郑玄在马融门下,三年不得见,令高足弟子传授而已。融尝算浑天不合,召郑玄,令一算,便决,众咸骇服。及玄业成,辞归,融心忌焉。玄亦疑有追者,乃坐桥下,在水上据屐。融果转式,欲杀追之,告左右曰:"玄在土下水上据木,此必死矣。"遂罢追,竟以免。

孔嵩字仲山,南阳人也。少与颍川荀彧未冠时共游太学。彧后为荆州刺史,而嵩家贫,与新野里客佣为卒。彧时出,见嵩,下驾。执手曰:"昔与子摇扇俱游太学,今子为卒,吾亦痛哉!"彧命代嵩。嵩以佣夫不去,其岁寒心若此。嵩后三府累请,辞不赴。后汉时人。

魏郡太守陈异尝诣郡民尹方,方被头以水洗盘,抱小儿出,更无余言。异曰:"被头者,欲吾治民如理发;洗盘者,欲使吾清如水;抱小儿者,欲吾爱民如赤子也。"

孙策年十四,在寿阳诣袁术。始至,俄而外通:"刘豫州备来。"孙便求去。袁曰：“刘豫州何关君？”答曰：“不尔，英雄忌人。”即出，下东阶。而刘备从东阶上。但转顾视孙之行步，殆不复前矣。

管宁尝与华子鱼少相亲友，共园中锄菜，见地有片金，管挥锸如故，与瓦石无异；华捉而掷去。

诸葛武侯与宣王在渭滨，将战，宣王戎服莅事，使人观武侯，乃乘素舆，著葛巾，持白羽扇，指麾三军。众军皆随其进止。宣王闻而叹曰：“可谓名士矣！”

蜀人伊籍称吴土地人物云：“其山崒巍以嵯峨，其水㳷渫而扬波，其人磊砢而英多。”

孙休好射雉，至其时，则晨往夕还。群臣莫不上谏曰：“此小物，何足甚耽？”答曰：“虽为小物，耿介过人，朕之所以好也。”

豫章太守顾劭，是丞相雍之子，在郡卒。时雍方盛集僚属围棋，外信至，而无儿书。虽神意不变，而心了有故。宾客既散，方叹曰：“已无延陵之遗累，宁有丧明之责邪？”于是豁情散哀，颜色自若。

魏武云：“我眠中不可妄近，近辄斫人，亦不自觉，左右宜慎之。”后乃阳冻眠，所幸小儿窃以被覆之，因便斫杀。自尔，莫敢近之。

魏武将见匈奴使，自以形陋，不足雄远国，使崔季珪代当坐，乃自捉刀立床头。坐既毕，令人问曰：“魏王何如？”使答曰：“魏王信自雅望非常，然床头捉刀人，此乃英雄也。”魏王闻之，驰遣杀此使。

杨修字德祖，魏初弘农华阴人也。为曹操主簿。曹公至江南，读《曹娥碑》文，背上别有八字，其辞云：“黄绢幼妇外孙蒜臼。”曹公见之不解，而谓德祖：“卿知之不？”德祖曰：“知之。”曹公曰：“卿且勿言，待我思之。”行三十里，曹公始得，令祖先说。祖曰：“黄绢，色丝，‘绝’字也。幼妇，少女，‘妙’字也。外孙，女子，‘好’字也。蒜臼，受辛，‘辞’字也。谓‘绝妙好辞’。”曹公笑曰：“实如孤意。”俗云：有智无智，校三十里。此之谓也。

董昭为魏武帝重臣，后失势。文、明世，入为卫尉。乃厚加意于侏儒。正朝大会，侏儒作董卫尉啼面，言昔太祖时事，举坐大笑。明帝怅然不怡，月中，以为司徒。

何晏字平叔，以主婿拜驸马都尉。美姿仪，面绝白，魏文帝疑其著粉。后正夏月，唤来，与热汤饼，既啖，大汗出，随以朱衣自拭，色转皎洁。帝始信之。

辛恭静见司马太傅，问卿何处人？答曰："西人。"太傅应声戏之曰："在西颇见西王母不？"恭静答曰："在西乃不见西王母，过东已见东王公。"太傅大愧。

夏侯太初从魏帝拜陵，陪列松柏下。时暴雨霹雳，正中所立之树，冠冕焦坏。左右眡之皆伏，太初颜色不改。景王欲诛夏侯玄，意未决间，问安平王孚云："己才足以制之不？"孚云："昔赵俨葬儿，汝来，半坐迎之。太初后至，一坐悉起。以此方之，恐汝不如。"乃杀之。

王经少处贫苦，仕至二千石。其母语云："汝本寒家儿，仕至二千石，可止也。"经不能止。后为尚书，助魏，不忠于晋，被收。流涕辞母曰："恨昔不从教，以致今日！"母无戚容，谓曰："汝为子则孝，为臣则忠，有何负哉？"

刘伶字伯伦。饮酒一石，至醒，复饮五斗。其妻责之，伶曰："卿可致酒五斗，吾当断之。"妻如其言。伶咒曰："天生刘伶，以酒为名。一饮一石，五斗解酲。妇人之言，慎不可听。"

嵇中散夜灯火下弹琴，忽有一人，面甚小，斯须转大，遂长丈余。黑单衣，皂带。嵇视之既熟，吹火灭，曰："吾耻与魑魅争光。"

嵇中散夜弹琴，忽有一鬼著械来，叹其手快，曰："君一弦不调。"中散与琴，调之，声更清婉。问其名，不对。疑是蔡邕伯喈。伯喈将亡，亦被桎梏。

嵇康素与吕安友，每一相思，千里命驾。安来，值康不在。兄喜出迎，安不前，题门上作"凤"字而去。喜不悟，康至，云："凤，凡鸟也。"

陈协数日辄进阮步兵酒一壶。后晋文王欲修九龙堰，阮举协，文王用之。掘地得古承水铜龙六枚，堰遂成。

胡母彦国至相州，坐厅事断官事。尔时三秋中，傍摇扇视事。其儿子先从容顾谓曰："彦国复何为自贻伊戚？"

邓艾口吃，常云"艾艾"。宣王曰："为云'艾艾'，终是几艾？"答曰："譬如'凤兮凤兮'，故作一凤耳。"

钟士季常向人道:"吾少年时一纸书,人云是阮步兵书,皆字字生义,既知是吾,不复道也。"

满奋字武秋,体羸,恶风,侍坐晋武帝,屡顾看云母幌。武帝笑之。或云:"北窗琉璃屏风,实密似疏。"奋有难色。答曰:"臣为吴牛,见月而喘。"或曰是吴质侍魏明帝坐。

孟业为幽州,其人甚肥,或以为千斤。武帝欲称之,难其大臣,乃作一大秤挂壁。业入见,武帝曰:"朕欲试自称,有几斤。"业答曰:"陛下正是欲称臣耳,无烦复劳圣躬。"于是称业,果得千斤。

诸葛靓字仲思,在吴,于朝堂大会。孙皓问曰:"卿字仲思,为欲何思之?"曰:"在家思孝,事君思忠,朋友思信。如斯而已。"

陈寿将为国志,谓丁梁州曰:"若可觅千斛米见借,当为尊公为佳传。"丁不与米,遂以无传。

蔡洪赴洛,洛中人问之,曰:"人皆以洪笔为锄耒,以纸札为良田,以玄默为稼穑,以礼义为丰年。"

晋蔡洪赴洛,洛中人问曰:"吴中旧姓何如?"答曰:"吴府君圣朝之盛佐,明时之俊义;朱永长理物之宏德,清选之高望;严仲弼九皋之鸿鹄,空谷之白驹;顾彦先八音之琴瑟,五色之龙章;张威伯岁寒之茂松,幽夜之逸光;陆士龙鸿鹄之徘徊,悬鼓之待槌。此诸君以洪笔为锄耒,以纸札为良田,以玄墨为稼穑,以义礼为丰年。"

裴秀母是婢。秀年十八,有令望,而嫡母妒,犹令秀母亲役。后大集客,秀母下食;众宾见,并起拜之。答曰:"微贱,岂宜如此? 当为小儿故耳。"于是大母乃不敢复役之。

夏少明在东国不知名,闻裴逸民知人,乃裹粮寄载,入洛从之。未至裴家少许,见一人著黄皮裤褶,乘马将猎。少明问曰:"逸民家若远?"答曰:"君何以问?"少明曰:"闻其名知人,从会稽来投。"裴曰:"身是逸民,君明可更来。"明往,逸民果知之;又嘉其志局,用为西门侯。于此遂知名。

李阳性游侠,士庶无不倾心。为幽州刺史,当之职。盛暑,一日诣数百家别,宾客与别,常填门,遂死于几下。

中朝有人诣王太尉,适王安丰、大将军、丞相在坐。因往别屋,见季胤、平子。还,谓人曰:"今日之行,举目皆琳琅珠玉。"

王夷甫处众中,如珠玉之在瓦石。

裴令公目王安丰:"眼烂烂如岩下电。"

和峤诸弟往园中食李,而皆计核责钱;故峤妇弟王济伐之也。

刘道真年十六,在门前弄尘,垂鼻涕至胸。洛下年少乘车从门过,曰:"年少甚坰埌。"刘便随车问:"为恶为善尔?"答以"为善"。刘曰:"令君翁亦坰埌,母亦坰埌。"

刘道真遭乱,自于河侧牵船。见一老姬采桑逆旅,刘谓之曰:"女子何不调机利杼,而采桑逆旅?"女答曰:"丈夫何不跨马挥鞭而牵船乎?"

道真尝与一人共索祥草中食,见一姬将二儿过,并青衣。调之曰:"青羊将两羔。"姬答曰:"两猪共一槽。"

刘道真子妇始入门,遣婢虔。刘聊之甚苦,婢固不从,刘乃下地叩头,婢惧而从之。明日,语人曰:"手推故是神物,一下而婢服淫。"

贾充问孙皓曰:"何以好剥人面皮?"皓曰:"憎其颜之厚也。"

吴主孙皓字孙宾,即钟之玄孙也。晋伐孙皓,皓降晋,晋武帝封皓为归命侯。后武帝大会群臣,时皓在座,武帝问皓曰:"朕闻吴人好作汝语,卿试为之。"皓应声曰:"诺。"因劝帝酒曰:"昔与汝为邻,今与汝作臣。上汝一杯酒,令汝寿万春。"座众皆失色,帝悔不及。

王武子与武帝围棋,孙皓看。王曰:"孙归命何以好剥人面皮?"皓曰:"见无礼于其君者,则剥其皮。"乃举棋局,武子伸脚在局下,故讥之。

王济,字武子,太原人。又魏舒,字阳元,济阴人。二人善射,名重当时。并仕晋。

王武子性爱马,亦甚别之。故杜预道:"王武子有马癖,和长舆有钱癖。"武帝问杜预:"卿有何癖?"对曰:"臣有《左传》癖。"

王武子葬,孙子荆哭之甚悲,宾客莫不垂涕。哭毕,向灵座曰:"卿常好驴鸣,今为君作驴鸣。"既作,声似真,宾客皆笑。孙曰:"诸君不死,而令武子死乎?"宾客皆怒。须臾之间,或悲,或怒,或哭。

戴叔鸾母好驴鸣,叔鸾每为驴鸣,以乐其母。

中朝方镇还，不与元凯共坐。预征吴还，独榻，不与宾客共也。

洛下少林木，炭止如粟状。羊琇骄豪，乃捣小炭为屑，以物和之，作兽形。后何、吕之徒共集，乃以温酒。火爇既，猛兽皆开口向人，赫然。诸豪相矜，皆服而效之。

羊稚舒冬月酿酒，令人抱瓮暖之。须臾，复易其人。酒既速成，味仍嘉美。其骄豪皆此类。

刘寔诣石崇，如厕。见有绛纱帐大床，茵蓐甚丽，两婢持锦香囊。寔遽反走，即谓崇曰："向误入卿室内。"崇曰："是厕耳。"寔更往，向两守厕婢所进锦囊实筹。良久不得，便行出。谓崇曰："贫士不得如此厕。"乃如他厕。

石崇厕常有十余婢侍列，皆佳丽藻饰，置甲煎沈香，无不毕备。又与新衣，客多羞不能著。王敦为将军，年少，往，脱故衣，著新衣，气色傲然。群婢谓曰："此客必能作贼。"

石崇恒冬月得韭蓱，为客作豆粥，咄嗟便办。王恺乃密货帐下都督，问所以。云是捣韭根，杂以麦苗耳。豆难煮，豫作熟豆，以白粥投之。

石崇与王恺争豪，穷极绮丽，以饰车服。晋武帝，恺甥也，每助恺。以珊瑚高三尺许，枝柯扶疏，世间罕比。恺以示崇，崇视讫，以铁如意击之，应手瓦碎。恺声色俱厉，崇曰："此不足恨。"乃命取珊瑚，有三尺，光彩溢目者六七十枚。恺怅然自失。

潘、石同刑东市。石谓潘曰："天下杀英雄，卿复何为尔？"潘曰："俊士填沟壑，余波来及人。"

潘安仁至美，每行，老妪以果掷之，满车。张孟阳至丑，每行，小儿以瓦石投之，亦满车。

士衡在坐，安仁来，陆便起去。潘曰："清风至，尘飞扬。"陆应声答曰："众鸟集，凤皇翔。"

陆士衡在洛，夏月忽思竹筳饮，语刘寔曰："吾乡曲之思转深，今欲东归，恐无复相见理。"言此已，复生三叹。

陆士衡为河北都督，已被间构，内怀忧懑，闻众军警角鼓吹，谓其司马孙掾曰："我今闻此，不如华亭鹤唳。"

宋岱为青州刺史,禁淫祀,著《无鬼论》甚精,莫能屈。后有一书生葛巾修刺诣岱,与谈论次,及《无鬼》论,书生乃振衣而去曰:"君绝我辈血食二十余年,君有青牛髯奴,所以未得相困耳。奴已叛,牛已死,今日得相制矣。"言绝而失。明日而岱亡。

明帝数岁,坐元帝膝上。有人从长安来,元帝问洛下消息,潸然流涕。明帝问:"何以致泣?"具以东渡意告之。因问明帝:"汝意谓长安何如日远?"答曰:"日远,不闻人从日边来,居然可知。"元帝异之。明日,集群臣宴会,告以此意。更重问之,乃答曰:"日近。"元帝失色,曰:"尔何故异昨日之言邪?"答曰:"举目见日,不见长安。"

晋明帝年少不伦,常微行。诏唤人以衣帻迎之,涉水过,衣帻悉湿。元帝已不重明帝,忽复有此,以为无不废理。既入,帻不正,元帝自为正之,明帝大喜。

晋成帝时,庾后临朝。诸庾诛南顿王宗,帝问:"南顿何在?"答曰:"党峻作乱,已诛。"帝知非党,曰:"言舅作贼,当复云何?"庾后以牙尺打帝头云:"儿何以作尔语?"帝无言,惟张目熟视,诸庾甚惧。

初,温峤奉使劝进,晋王大集宾客见之。温公始入,姿形甚陋,合坐尽惊。既坐,陈说九服分崩,皇室弛绝,晋王君臣莫不歔欷。及言天下不可以无主,闻者莫不踊跃,植发穿冠。王丞相深相付托。温公既见丞相,便游乐不往,曰:"既见管仲,天下事无复忧。"

钟雅语祖士言:"我汝颍之士,利如锥;卿燕代之士,钝如槌。"祖曰:"以我钝槌,打尔利锥。"钟曰:"自有神锥,不可得打。"祖曰:"既有神锥,必有神槌。"钟遂屈。

庾公道:"王眉子非唯事事胜于人,布置须眉,亦胜人。我辈皆出其辕下。"

王平子从荆州下,大将军因欲杀之。而平子左右有二十人,甚健,皆持铁楯马鞭。平子恒持玉枕,以此未得发。大将军乃犒荆州文武,二十人积饮食,皆不能动。乃借平子玉枕,便持下床。平子手引大将军,带绝。与力士斗甚苦,乃得上屋。上久许而死。

顾和为扬州从事,月旦当朝,未入,停车州门外。周侯饮酒已醉,著白袷,凭两人来诣丞相。历和车边,和先在车中觅虱,夷然不动。

周始遥见，过去行数步，复又还。指顾心问曰："此中何所有？"顾择虱不辍，徐徐应曰："此中最是难测地。"

周伯仁过江恒醉，止有姊丧三日醒，姑丧三日醒，大损资望。每醉，诸公常共屯守。

周伯仁在中朝，能饮一斛酒；过江日醉，然未尝饮一斛，以无其对也。后有旧对忽从北来，相得欣然。乃出二斛酒共饮之。既醉，伯仁得睡。睡觉，问共饮者何在？曰："西厢。"问："得转不？"答："不得转。"伯仁曰："异事！"使视之，胁腐而死。

周伯仁被收，经太庙，大唤宗庙之灵。以稍刺落地，骂曰："王敦，小子也。"

庾公乘马有的卢，殷浩劝公卖马，庾云："卖之，必有买者，即复害其主；宁可不安己而移于他人哉？昔孙叔敖杀两头蛇以为后人，古之美谈，效之，不亦达乎！"

庾公欲伐王公，先书与郗公曰："老贼贼专欲输张，殿中将军旧用才学之士，以广视听，而顷悉用面墙之人也。是欲蔽主之明。便欲勒数州之众，以除君侧之恶。今年之举，蔑不济矣。"

殷浩于佛经有所不了，故遣人迎林公。林乃虚怀欲往，王右军驻之曰："深源思致渊富，既未易为敌。且己所不解，上人未必能通；纵复服从，亦名不益高。若佻脱不合，便丧十年所保。可不须往。"林公亦以为然，遂止。

大将军王敦尚武帝女。此主特所重爱，遣送王，倍诸主。主既亡，人就王乞；始犹分物与之，后乞者多，遂指库屋数间以施。

谯王承作相州，过大将军曰："卿才堪廊庙，自无间外。"

王大将军每酒后，辄咏："老骥伏枥，志在千里，烈士暮年，壮心不已。"便以如意击珊瑚唾壶，壶尽缺。

晋王敦与世儒议下都，世儒以朝廷无乱，且唱兵始，自古所难，谏诤甚苦。处仲变色曰："吾过蒙恩遇，受任南夏。卿自同奸邪，阻遏义举，王法焉得相私！"因目左右令进。世儒正色曰："君昔岁害兄，今又杀弟；自古多士，岂有如此举动！"言毕流涕，敦意乃止。

大将军、丞相诸人在此时，闭户共为谋身之计。王旷世宏来，在户外,诸人不容之;旷乃剔壁窥之,曰:"天下大乱,诸君欲何所图谋?"将欲告官。遽而纳之,遂建江左之策。

大将军收周侯,至石头,坐南门石盘上。将戮之,送已褥与周。

大将军刑周伯仁,以步障绕之。经日,已具。王曰:"周伯仁子弟痴,何以不知取其翁尸?"周家然后收之。

简文帝为抚军时,所坐床上,尘不令左右拂,见鼠行之迹,视以为佳。参军见鼠白日行,以手版打杀之。意不悦,门下起弹,辞曰:"鼠被害,尚不能忘怀;今复以鼠损人,无乃不可乎?"

许玄度出都,诣刘真长,先不识,至便造之,一面留连。标列贵略无造谒,遂九日十一诣之。许语曰:"卿为不去,家将成轻薄京尹。"

许玄度将弟出都婚,诸人闻玄度弟,朝野钦迟之。既见,乃甚痴,便欲嘲弄之。玄度为之解纷,诸人遂不能犯。真长叹曰:"许玄度为弟婚,施十重铁步障也。"

刘道生与真长言,一时有名誉者皆宗真长。

仲祖语真长曰:"卿近大进。"刘曰:"卿仰看邪?"王问:"何意?"刘曰:"不尔,何由测天之高也!"

刘真长与桓宣武共听讲《礼记》,桓公云:"时有入心处,便咫尺玄门。"

刘尹见桓公每嬉戏,必取胜,谓曰:"卿乃尔好利,何不焦头。"

宣武征还,刘尹数十里迎之。桓都不语,直云:"垂长衣,谈清言,竟是谁功?"刘答曰:"晋德灵长,功岂在尔?"

刘真长始见王丞相,王公不与语。时大热,以腹熨石局,曰:"何乃淘?"刘既出,人问:"见王公如何?"真长云:"丞相何奇,止能作吴语及细唾也。"

刘真长与丞相不相得,每曰:"阿奴比丞相条达清长。"

刘真长病积时,公主毁悴。将终,唤主。主既见其如此,乃举手指之云:"君危笃,何以自修饰?"刘便牵被覆面,背之不忍视。

孔坦为侍中,密启成帝不宜往拜曹夫人。丞相闻之曰:"王茂弘弩疴耳!若卞望之之岩岩,刁玄亮之察察,戴若思之峰距,当敢尔不?"

　　苏峻新平，温、庾诸公以朝庭初复，京兆宜得望实。唯孔君平可以处之。孔固辞，二公逼谕甚苦。孔敖然曰："先帝大渐，卿辈身侍御床，口行诏令；孔坦尔时正琐臣耳，何与国家事？不可今日丧乱，而猥见逼迫。吾俎豆上腐肉，任人截割邪？"庾愧不能答。

　　孔君平病困，庾司空为会稽，省之。闻讯甚至，为之流涕。孔慨然曰："丈夫将终不问安国宁家之术，而反作儿女相问？"庾闻，回还谢之，请其语言。

　　陶侃字士行，丹阳人也。鄱阳孝廉范逵宿侃舍，侃家贫，母为截发为髦待之；无薪，伐屋柱炊饭。斩荐以供马。逵感之，乃为侃立声誉，于是显名。侃仕至大将军。晋时人。

　　陶太尉既作广州，优游无事。常朝自运甓于斋外，暮运于斋内。人问之，陶曰："吾方致力中原，恐为尔优游，不复堪事。"

　　康法畅造庾公，捉麈尾至彼。公曰："麈尾过丽，何以得在？"答曰："廉者不求，贪者不与，故得在耳。"

　　庾翼为荆州都督，以毛扇上成帝。帝疑是故物，侍中刘劭曰："柏梁云构，工匠先居其下；管弦繁奏，夔、牙先聆其音；翼之上扇，以好不以新。"稚恭闻之曰："此人宜在帝左右。"

　　王濛为诸人谈，有时或排摈高秃，以如意注林公云："阿柱，汝忆摇橹时不？"阿柱乃林公小名。

　　诸人尝要阮光禄共诣林公。阮曰："欲闻其言，恶见其面。"

　　林公云："文度著腻颜，挟《左传》，逐郑康成，自为高足弟子。笃而论之，不离尘垢囊也。"

　　谢兴在中朝，恒游宴，还家甚少。过江，不复宿行。后一宿行，家遣之，乃自叹曰："不复作乐，日分在朝，与阮千里总章重听，一典六日亡归，今一宿行而家业纸也。"

　　谢尚字仁祖，酒后为鸲鹆舞，一座倾笑。

　　谢镇西著紫罗襦，乃据胡床，在大市佛图门楼上，弹琵琶，作《大道曲》。

　　谢公云："小时在殿廷，会见丞相，便觉清风来拂人。"

　　谢安谓裴启云："乃可不恶，何得为复饮酒。"

谢安目支道林,如九方皋之相马,略其玄黄,取其俊逸。

谢太傅问诸子侄曰:"子弟何豫人事,而正欲使其佳?"诸人莫有言者。车骑答曰:"譬如芝兰玉树,欲其生于庭阶也。"

有人诣谢公,别,谢公流涕,人了不悲。既去,左右曰:"客殊自密云。"谢公曰:"非徒密云,乃自旱雷。"

羊骑因酒醉,抚谢左军谓太傅曰:"此家讵复镇西?"太傅曰:"汝阿见子敬,便沐浴为论兄辈。"

太傅府有三才:裴邈清才,潘阳仲大才,刘庆孙长才。

王太保作荆州,有二儿亡。一儿欲还葬旧茔,一儿欲留葬。太保乃垂涕曰:"念故乡,仁也;不恋本土,达也;唯仁与达,吾二子其有焉。"

雷有宠,生恬、洽。

苏峻新平,帑藏空,犹余数千端粗练。王公谓诸公曰:"国家凋敝,贡御不致。但恐卖练不售,吾当与诸贤各制练服之。"月日间,卖遂大售,端至一金。

王丞相拜扬州,宾客数百人,并加沾接,人人有悦色。唯有临海一客,姓任名颙,时官在都,预王公坐,及数胡人为未洽。公因便还到过任边,云:"君出临海,便无复人。"任大喜悦。因过胡人前,弹指云:"兰阇兰阇!"群胡同笑,四座并欢。

丞相拜司空,诸葛道民在公坐。指冠冕曰:"君当复著此乎?"

明帝函封与庾公信,误致与王公。王公开诏,末云:"勿使冶城公知。"导既视表,答曰:"伏读明诏,似不在臣;臣开臣闭,无有见者。"明帝甚愧,数月不能出见王公。

何公为扬州,有葬亲者,乞数万钱,而帐下无有。扬州常有粝米,以赈孤寡,乃有万余斛。虞存为治中,面见,道:"帐下空素,求粜此米。"何公曰:"何次道义不与孤寡争粒。"

阮光禄闻何次道为宰相,叹曰:"我当何处生活?"

王仲祖有好仪形,每览镜自照曰:"王文开那生如馨儿?"时人谓之达也。又酷贫,帽败,自以形美,乃入帽肆,就帽姬戏,乃得新帽。

王仲祖病，刘真长为称药，荀令则为量水矣。

桓宣武外甥，恒在坐鼓琵琶。宣武醉后，指琵琶曰："名士固亦操斯器。"

桓宣武性俭，著故裤，上马不调，裤败，五形遂露。

桓宣武与殷、刘谈，不知其不堪。唤左右取黄皮裤褶，上马持稍数回，或向刘，或拟殷，意气始得雄王。

桓温自以雄姿风气，是司马宣王、刘越石一辈器。有以比王大将军者，意大不平。征苻健还，于北方得一巧作老婢，乃是刘越石妓女。一见温入，潸然而泣。温问其故，答曰："官家甚似刘司空。"温大悦，即出外修整衣冠，又入，呼问："我何处似司空？"婢答曰："眼甚似，恨小；面甚似，恨薄；须甚似，恨赤；形甚似，恨短；声甚似，恨雌。"宣武于是弛冠解带，不觉昏然而睡，不怡者数日。

罗含在桓宣武坐，人介与他人相识，含正容曰："所识已多，不烦复尔。"

袁真为监军，范玄平作吏部尚书。一坐语袁："卿此选还不失护军。"袁曰："卿何事人中作市井？"

丞相尝曰："坚石掣脚枕、琵琶，故自有天际想。"

刘承允少有淹雅之度，王、庾、温公皆素与周旋。闻其至，共载看之。刘倚被囊，了不与王公言，神味亦不相酬。俄顷宾退，王、庾甚怪此意，未能解，温曰："承允好贿，新下必有珍宝。当有市井事。"令人视之，果见向囊皆珍玩，正与胡父谐贾。

谢万就安乞裘，云畏寒。答曰："君妄语。正欲以为豪具耳！若畏寒，无复胜绵者。"以三千绵与谢。

王蓝田食鸡子，以箸刺之不得，便大怒，投于地。

王蓝田少有痴称，王丞相以门第辟之。既见，他无所问，问来时米几价？蓝田不答，直张目视王公。王公云："王掾不痴，何以云痴？"

王蓝田作会稽，外自请讳，答曰："惟祖惟考，四海所知，过此无所复讳。"

孙兴公作永嘉郡，郡人甚轻之。桓公后遣传教，令作《敬夫人碑》，郡人云："故当有才！不尔，桓公那得令作碑？"于此重之。

褚公与孙绰游曲阿后湖，狂风忽起，舫欲倾。褚公已醉，乃曰："此舫人皆无可以招天谴者，唯兴公多尘滓，正当以厌天欲耳。"便欲捉掷水中。孙遽无计，唯大啼曰："季野，卿念我！"

王太尉问孙兴公曰："郭象何如人？"答曰："其辞清雅，奕奕有余，吐章陈文，如悬河泻水，注而不竭。"

王长史语林道人曰："真长可谓金石满堂。"林公以语孙兴公。兴公曰："语不得尔，选择正可得少碎珠耳。"

晋孝武好与虞啸父饮酒，不醉不出。后临出拜，殆不复能起。帝呼人上殿扶虞侍中。啸父答曰："臣位未及扶，醉未及乱，非分之赐，所不敢当。"帝美之，敕左右疏取其语。于是为风俗。人相嘲调，辄云："好语疏取。"

毛伯成负其才气，常称："宁为兰摧玉折，不作蒲芬艾荣。"

王中郎以围棋为手谈，故其在哀制中，祥后客来，方幅会戏。

桓野王善解音，晋孝武祖宴西堂，乐阕酒阑，将诏桓野王筝歌。野王辞以须笛，于是诏其吹笛奴硕，赐姓曰张，加四品将军，引使上殿。张硕意气激扬，吹破三笛，末取睹脚笛，然后乃理调成曲。

晋孝武祖宴西堂，诏桓子野弹筝，桓乃抚筝而歌怨诗。悲厉之响，一堂流涕。

向世闻歌桓子野一闻而洞歌。

张湛好于斋前种松柏，养鸲鹆。袁山松出游，好令左右作挽歌。时人谓："张屋下陈尸，袁道上行殡。"

有人目杜弘治标解甚清令，初若熙，怡容无韵，盛德之风，可乐咏也。

王敬仁有异才，时贤皆重之。王右军在郡迎敬仁，叔仁辄同车，常恶其迟。后以马迎敬仁，虽复风雨，亦不以车也。

右军年十三，尝谒周颉。时绝重牛心炙，坐客未啖，颉先割啖羲之，于是始知名。

王右军少尝患癫，一二年辄发动。后答许掾诗，忽复恶中，得二十字云："取欢仁智乐，寄畅山水阴。清泠涧下濑，历落松竹林。"既醒，左右诵之。读竟，乃叹曰："癫，何预盛德事邪？"

王右军目杜弘治,叹曰:"面如凝脂,眼如点漆,此神仙中人!"

王右军为会稽令,谢公就乞笺纸。检校库中,有九万枚,悉以付之。桓宣武曰:"逸少不节。"

王子猷尝暂寄人空宅住,使令种竹。或问:"暂住何烦尔?"王啸咏良久,直指竹曰:"何可一日无此君?"

王子猷居山阴,大雪夜,眠觉。开室酌酒,四望皎然,因起彷徨,咏左思《招隐诗》。忽忆戴安道,时戴在剡溪,即便夜乘轻船就戴,经宿方至。既造门,不前便返。人问其故,曰:"吾本乘兴而来,兴尽而返,何必见戴。"

王子敬在斋中卧,偷入斋取物幞装,一室之内,略无不尽。子敬卧而不动,偷遂复登厨,欲有所觅。子敬因呼曰:"偷儿,石漆青毡是我家旧物,可特置不?"于是群贼始知其不眠,悉置物惊走。

王子敬疾笃,兄弟劝令首罪。答曰:"无所应首,唯遣郗家女,以为恨。"

殷洪乔作豫章郡守,临去,郡下人因附书百余函。至石头,悉掷水中。因咒之曰:"沉者自沉,浮者自浮,殷洪乔不能作达书邮。"

殷公北征,朝士出送之,军容甚盛,仪止可观。陈说经略攻取之宜,众皆谓必能平中原。将别,忽驰逞才,自槃马,遂坠地。士以是知其必败。

桓玄不立忌日,止立忌时。每至日,弦歌不废。

桓玄字信逦,沛国龙亢人也。晋时为部公,与荆州刺史殷仲堪语次,二人遂相为嘲。玄曰:"火燎平原无遗燎。"堪曰:"投鱼深泉放飞鸟。"次复危言,玄曰:"矛头淅米剑头炊,百岁老翁攀枯枝。"堪曰:"井上辘轳卧小儿。"晋末安帝时人。

祖约少好财,阮遥集好屐,并常自经营。同是一累,而未判其得失。有诣祖,见料视财物,客至,并当不尽,余两小簏,以置背后,倾身障之,意未能平。或有诣阮,正见自蜡屐,因叹曰:"未知一生当著几量屐?"神甚闲畅,于是胜负始分也。

范启云:"韩康伯似肉鸭。"

任元褒为光禄勋,孙翙往诣之,见门吏凭几视之,孙入语任曰:

"吏凭几对客,不为礼。"任便推之。吏答曰:"得罚体痛,以横木扶持,非凭几也。"任曰:"直木横施,植其两足,便为凭几。何必孤鹄蟠膝曲木抱要也。"

范信能啖梅,人常致一斛含,留信食之,须臾而尽。

王东亭作《经王公酒垆下赋》。

诸阮以大盆盛酒,木杓数枚也。

董仲道常在客宿,与王孙隔共,语同行人曰:"此人行必为乱。"后果为乱阶。

贤者国之纪,人之望,自古帝王皆以之安危。故《书》曰:"惟后非贤不乂,惟贤非后不食。"昔者周公体大圣之德,而勤于吐握,由是天下之士争归之。向使周公骄而且吝,士亦当高翔远去,所至寡矣。

淮北荥南河济之间,有千树梨,其人与千户侯等。

大夫向闑而立。

报至尊。

魏张鲁有十子,时人语曰:"张氏十龙,儒雅温恭。"

茶博士。

殷 芸 小 说

［梁］殷 芸 撰

王根林 校点

校 点 说 明

　　《殷芸小说》十卷,南朝梁殷芸撰。殷芸(471—529),字灌蔬,陈郡长平(今河南西华)人。史载他"性倜傥,不拘细行","励精勤学,博洽群书"。初于南齐武帝永明年间,为宜都王萧铿的行参军。入梁,先后于武帝天监年间任西中郎主簿、临川王萧宏记室、通直散骑侍郎兼中书通事舍人等职。又迁国子博士,为昭明太子萧统侍读。十三年,任豫章王萧综长史,综迁安右将军,芸为安右长史。在此期间,梁武帝敕令他编撰此《小说》。

　　这部《小说》,记载自先秦至东晋的轶事传闻,带有明显的野史性质。所记对象,除了帝王将相、历代名人,还涉及民间传说、街谈巷议,可视作后代野史笔记的滥觞。其中某些内容,为其他史书所不载,颇为珍贵。如汉高祖刘邦手敕太子书,鬼谷子与苏秦、张仪书及苏秦、张仪答书,张良与商山四皓书及商山四皓答书等。

　　该书自《隋书·经籍志》即见著录,此后,《旧唐书·经籍文志》、《新唐书·艺文志》、《宋史·艺文志》及重要的目录学著作《崇文总目》、《郡斋读书志》、《遂初堂书目》、《直斋书录解题》等,都有著录。《隋书·经籍志》记其正文十卷,又云"梁目三十卷",但是谁也没有见过这三十卷。这个问题,只能存疑了。

　　《殷芸小说》久已散佚,最早将它辑录成书的,是鲁迅先生,时间在1910年。1942年,余嘉锡先生推出了《殷芸小说辑证》,引用书二十六种,比鲁迅多十四种;共辑得一百五十四条,比鲁迅多二十多条。

并对全文作了精心校勘和考释。1984 年，上海古籍出版社出版了周楞伽先生的《殷芸小说》。他在余本的基础上又作增益，共得一百六十三条。除对内容进行校勘外，又作了注释。本书即综合上述三家辑集成果，并以有关类书及正史作校勘，予以分段、标点。

目　　录

卷一　秦汉魏晋宋诸帝

　　齐郾城东有蒲台,秦始皇所顿处。时始皇在台下萦蒲系马,至今蒲生犹萦,俗谓之始皇蒲。始皇作石桥,欲过海观日出处。时有神人能驱石下海,石去不速,神人辄鞭之,皆流血,至今悉赤。阳城十一山石尽起东倾,如相随状,至今犹尔。秦皇于海中作石桥,或云:非人功所建,海神为之竖柱。始皇感其惠,乃通敬于神,求与相见。神云:"我形丑,约莫图我形,当与帝会。"始皇乃从石桥入海三十里,与神人相见。左右巧者潜以脚画神形。神怒曰:"速去。"即转马,前脚犹立,后脚随崩,仅得登岸。

　　秦始皇时,长人十二,见于临洮,皆夷服,于是铸铜为十二枚以写之。盖汉十二帝之瑞也。

　　荥阳板渚津南原上有厄井,父老云:汉高祖曾避项羽于此井,为双鸠所救。故俗语云:"汉祖避时难,隐身厄井间。双鸠集其上,谁知下有人?"汉朝每正旦辄放双鸠,起于此。

　　汉高祖手敕太子云:"吾遭乱世,生不读书,当秦禁学问,又自喜,谓读书无所益。洎践阼以来,时方省书,乃使人知作者之意,追思昔所行多不是。"又云:"尧舜不以天下与子,而与他人,此非为不惜天下,但子不中立耳。人有好牛马尚惜,况天下邪?吾以汝是元子,早有立意,兼群臣咸称汝友四皓,吾所不能致,而为汝来,为可任大事也。今定汝为嗣。"又云:"吾生不学书,但读书问字而遂知耳,以此故不大工,然亦足自解。今视汝书,犹不如吾,汝可勤学习。每上疏,宜自书,勿使吏人也。"又云:"汝见萧、曹、张、陈诸公侯,吾同时人,年倍于汝者,皆拜,并语汝诸弟。"又云:"吾得疾遂困,以如意母子相累,其余诸子皆足自立,哀此儿犹小也。"

　　高祖初入咸阳宫,周行府库,金玉珍宝,不可称言。其尤惊异者,有青玉九枝灯,高七尺五寸,下作盘龙,以口衔灯,灯燃则鳞甲皆动,烂炳若列星而盈室焉。复铸铜人十二枚,坐皆高三尺,列于一筵上,琴瑟笙竽,各有所执,皆点缀华彩,傮若生人。筵下有二铜管,上口高数尺,出筵后,其一管空,一管有绳,大如指,使一人吹管,一人约绳,则琴瑟笙竽等皆作,与真乐不殊。有琴长六尺,安十三弦二十六徽,用七宝饰之,铭曰"璠玙之乐"。玉笛长二尺三寸,六孔,吹之,则见车马山林,隐嶙相次;吹息,则不复见,铭曰"昭华之管"。有方镜,广四尺,高五尺九寸,表里有明,人直来照之,影则倒见,以手掩心而照之,则知病之所在,见肠胃五脏,历然无碍。又女子有邪心,则胆张心动。始皇常以照宫人,胆张心动者则杀之。高祖悉封闭以待项羽。羽并将以东,后不知所在。

晋武库失火,汉高祖斩蛇剑穿屋而飞。

文帝自代还,有良马九匹,皆天下之骏马也。一名浮云,一名赤电,一名绝群,一名逸骠,一名飞燕,一名绿螭,一名龙子,一名骓驹,一名绝尘,号为九逸。有来宣能御马,代王号为王良。俱还代邸。

汉武帝尝微行,造主人家。家有婢,有国色,帝悦之,因留宿,夜与主婢卧。有一书生,亦寄宿,善天文,忽见客星将掩帝星甚逼,书生大惊,连呼"咄咄",不觉声高。乃见一男子,持刀将欲入,闻书生声急,谓为己故,遂蹙缩走去,客星应时而退。如是者数遍。帝闻其声,异而召问之,书生具说所见,帝乃悟曰:"此人必婢婿,将欲肆其凶恶于朕。"乃召集期门、羽林,语主人曰:"朕天子也。"于是擒拿问之,服而诛。后,帝叹曰:"斯盖天启书生之心,以扶佑朕躬。"乃厚赐书生。

武帝时,长安巧工丁缓者,为恒满灯,七龙五凤,杂以芙蓉莲藕之奇。又作卧褥香炉,一名被中香炉,本出房风,其法后绝,至缓始更为之,机环运转四周,而炉体常平,可致之被褥,故以为名。又作九层博山香炉,镂为奇禽怪兽,穷诸灵异,皆能自然转动。又作七轮扇,轮大皆径尺,相连续,一人运之,则满堂皆寒战焉。

孙氏《瑞应图》云:"神鼎者,文质精也。知吉凶,知存亡,能轻能重,能息能行,不灼自沸,不汲自盈,中生五味。昔黄帝作鼎,象太乙;禹治水,收天下美铜,以为九鼎,象九州。王者兴则出,衰则去。"《说苑》云:"孝武时,汾阴人得宝鼎,献之甘泉宫。群臣毕贺,上寿曰:'陛下得周鼎。'侍中吾丘寿王曰:'非周鼎。'上召问之,曰:'群臣皆谓周鼎,尔独以为非,何也? 有说则生,无说则死。'寿王对曰:'臣安敢无说! 臣闻周德者,始于后稷,成于文、武,显于周公;德泽上畅于天,下漏于三泉,上天报应,鼎为周出。今汉继周,昭德显行,六合和同,至陛下之身而逾盛,天瑞并至。昔秦始皇亲求鼎于彭城而不得,天昭有德,神宝自至。此天所以遗汉,乃汉鼎,非周鼎也。'上曰:'善!'"魏文帝《典论》亦云:"墨子曰:'昔夏后启使飞廉折金于郴山,以铸鼎于昆吾,使翁难乙灼白若之龟。鼎成,四定而方,不灼自烹,不举自藏,不迁自行。'"《拾遗录》云:"周末大乱,九鼎飞入天池。"《末世书论》云:"入泗水。"声转,谬焉。

汉武帝过李夫人,就取玉簪搔头。自此后宫人搔头皆用玉,玉价倍贵焉。又以象牙为篦,赐李夫人。

武帝为七宝床、杂宝案、厕宝屏风、列宝帐,设于桂宫,时人谓之四宝宫。

成帝设云帐、云幄、云幕于甘泉宫紫殿,世谓之三云殿。

汉成帝好蹴鞠,群臣以蹴鞠劳体,非尊者所宜。帝曰:"朕好之,可择似此而不劳者奏之。"刘向奏弹棋以献。帝大悦,赐之青羔裘、紫丝履,服以朝觐。

或言始于魏文帝宫人妆奁之戏,帝为之特妙,能用手巾角拂之。有人自言能,令试之,以葛巾低头拂之,更妙于帝。

汉帝及侯王送死,皆用珠襦玉匣。

魏武少时,尝与袁绍好为游侠。观人新婚,因潜入主人园中,夜叫呼云:"有偷儿至。"青庐中人皆出观,魏武乃入,抽刃劫新妇。与绍还出,失道,坠枳棘中。绍不能动。帝复大呼:"偷儿今在此。"绍惶迫,自掷出,遂以俱免。魏武又尝云:"人欲危己,己辄心动。"因语所亲小人云:"汝怀刃密来我侧,我心必动,便戮汝,汝但勿言,当厚相报。"侍者信焉,不以为惧,遂斩之。此人至死不知也。左右以为实,谋逆者挫气矣。又袁绍年少时,曾夜遣人以剑掷魏武,少下,不著。魏武揆其后来必高,因帖卧床上,剑至,果高。魏武又云:"我眠中不可妄近,近辄斫人,亦不自觉,左右宜慎之!"后乃佯冻,所幸小人窃以被覆之,因便斫杀。自尔每眠,左右莫敢近之。

　　魏武将见匈奴使,自以形陋,不足怀远国,使崔季珪代当坐,自捉刀立床头。事毕,令间谍问曰:"魏王何如?"使曰:"魏王雅望非常,然床头捉刀人,乃英雄也!"魏武闻之,驰杀此使。

　　陵云台上,楼观极盛。初造时,先称众材,俾轻重相称,乃结构。故虽高,而随风动摇,终不坏。魏明帝登而惧其倾侧,命以大木扶之。未几毁坏。论者谓轻重力偏故也。

　　晋咸康中,有士人周谓者,死而复生。言天帝召见,引升殿,仰视帝,面方一尺,问左右曰:"是古张天帝邪?"答云:"上古天帝,久已圣去,此近曹明帝也。"

　　晋明帝为太子时,闻元帝沐,上启云:"臣绍言,伏蒙吉日沐头,老寿多宜,谨拜表驾。"答云:"春正月沐头,至今大垢臭,故力沐耳!得启,知汝孝爱,当如今言,父子享禄长生也。"又启云:"伏闻沐久,想劳极,不审尊体何如?"答云:"去垢甚佳,身不极劳也。"

　　晋成帝时,庾后临朝,南顿王宗为禁旅官,典管钥。诸庾数密表疏宗,宗骂言云:"是汝家门阁邪?"诸庾甚忿之,托党苏峻诛之。后帝问左右:"见宗室有白头老翁何在?"答:"同苏峻作贼已诛。"帝闻之流涕。后颇知其事,每见诸庾道"枉死"。帝尝在后前,乃曰:"阿舅何为云人作贼,辄杀之? 人忽言阿舅作贼,当复云何?"庾后以牙尺打帝头云:"儿何以作尔形语?"帝无言,唯大张目,熟视诸庾。诸庾甚惧。

　　宣武问真长:"会稽王如何?"刘惔答:"欲造微。"桓曰:"何如卿?"曰:"殆无异。"桓温乃喟然曰:"时无许郭,人人自以为稷契。"

　　海西时,诸公每朝,朝堂犹暗,惟会稽王来,轩轩如朝霞举。

　　简文在殿上行,右军与孙兴公在后。右军指孙曰:"此是啖石客。"简文闻之,顾曰:"天下自有利齿儿。"后王光禄作会稽,谢车骑出曲阿祖之。孝伯时罢秘书丞,在坐,因视孝伯曰:"王丞齿似不钝。"王曰:"不钝,颇有验。"

　　简文集诸谈士,以致后客前客。夜坐每设白粥,唯然灯,灯暗,辄更益炷。

　　佛经以为祛治神明,则圣人可致。简文曰:"不知便可登峰造极不? 然陶冶之功,故不可轻。"

简文帝为抚军时,所坐床上,尘不令左右拂,见鼠行之迹,视以为佳。参军见鼠白日行,以手版打杀之。抚军意色不悦。门下起弹,辞曰:"鼠被害,尚不能忘怀;今复以鼠损人,无乃不可乎?"

简文初不别稻。

晋孝武年十二时,冬天昼日不著复衣,但着单绢裙衫五六重,夜则累茵褥。谢公云:"圣体宜令有常,陛下昼过冷,夜过热,恐非摄养之术。"帝曰:"昼动夜静故也。"谢公出,叹曰:"上明理不减先帝。"

孝武未尝见驴,谢太傅问曰:"陛下想其形,当何所似?"孝武掩口笑云:"正当似猪。"

晋孝武帝尝于殿中北窗下清暑,忽见一人,著白袷黄练单衣,举身沾湿,自称是华林园中池水神,名曰淋涔君,语帝:"若能见待,必当相祐。"帝时饮已醉,便取常佩刀掷之,刃空过无碍。神忿曰:"不能以佳士见接,乃至于此,当令知所以。"居少时,而帝暴崩。

宋国初建,参军高篆启云:"欲量作东西堂床六尺五寸,并用银度钉,未敢辄专。"宋武手答云:"床不须局脚,直脚自足,钉不须银度,铁钉而已。"

郑鲜之、王弘、傅亮启宋武云:"伏承明旦朝见南蛮,明是四废日,来月朝好,不审可从群情迁来月否?"宋武手答云:"劳第足下勤至,吾初不择日。"帝亲为答,尚在其家。

卷二　周六国前汉人

纣为糟丘酒池，一鼓而牛饮者三千人，池可运船。

介子推不出，晋文公焚林求之，终抱木而死。公抚木哀嗟，伐树制屐。每怀割股之恩，辄潸然流涕视屐曰："悲乎足下！"足下之言，将起于此。

王子乔墓在京茂陵，战国时，有人盗发之，睹之无所见，唯有一剑，悬在空中。欲取之，剑便作龙鸣虎吼，遂不敢近。俄而径飞上天。《神仙传》云："真人去世，多以剑代其形，五百年后，剑亦能灵化。"此其验也。

老子始下生，乘白鹿入母胎中。老子为人：黄色美眉，长耳广额，大目疏齿，方口厚唇，耳有三门，鼻有双柱，足蹈五字，手把十文。

襄邑县南八十里曰濑乡，有老子庙，庙中有九井。或云每汲一井，而八井水俱动。有能洁斋入祠者，须水温，即随意而温。

颜渊、子路共坐于门，有鬼魅求见孔子，其目若日，其形甚伟。子路失魄口噤；颜渊乃纳履拔剑而前，卷握其腰，于是化为蛇，遂斩之。孔子出观，叹曰："勇者不惧，智者不惑，仁者必有勇，勇者不必有仁。"

孔子尝使子贡出，久而不返，占得鼎卦无足，弟子皆言无足不来；颜回掩口而笑。孔子曰："回笑，是谓赐必来也。"因问回："何以知赐来？"对曰："无足者，盖乘舟而来，赐且至矣。"明旦，子贡乘潮至。

宰我谓："三年之丧，日月既周，星辰既更，衣裳既造，百鸟既变，万物既易，黍稷既生，朽者既枯，于期可矣。"颜渊曰："人知其一，未知其他。但知暴虎，不知冯河。鹿生三年，其角乃堕；子生三年，而离父母之怀。子虽善辩，岂能破尧舜之法，改禹汤之典，更圣人之文，除周公之礼，改三年之丧，不亦难哉！父母者，天地，天崩地坏，三年不亦宜乎！"

子路、颜回浴于洙水，见五色鸟。颜回问子路曰："由，识此鸟否？"子路曰："识。"回曰："何鸟？"子路曰："荧荧之鸟。"后日，颜回与子路又浴于泗水，更见前鸟，复问："由，识此鸟否?"子路曰："识。"回曰："何鸟?"子路曰："同同之鸟。"颜回曰："何一鸟而二名?"子路曰："譬如丝绢，煮之则为帛，染之则为皂，一鸟而二名，不亦宜乎?"

孔子尝游于山，使子路取水，逢虎于水所，与共战，揽尾得之，内怀中；取水还，问孔子曰："上士杀虎如之何?"子曰："上士杀虎持虎头。"又问曰："中士杀虎如之何?"子曰："中士杀虎持虎耳。"又问："下士杀虎如之何?"子曰："下士杀虎捉虎尾。"子路出尾弃之。因恚孔子曰："夫子知水所有虎，使我取水，是欲死我。"乃怀石盘，欲中孔子。又问："上士杀人如之何?"子曰："上士杀人使笔端。"又问："中士杀人如之何?"子曰："中士杀人用舌端。"又问："下士杀人如之何?"子曰："下士杀人怀石盘。"子路出而弃之，于是心服。

孔子去卫适陈，途中见二女采桑。子曰："南枝窈窕北枝长。"答曰："夫子游陈必绝粮。九曲明珠穿不得，著来问我采桑娘。"夫子至陈，大夫发兵围之，令穿九曲珠，乃释其厄。夫子不能，使回、赐返问之。其家谬言女出外，以一瓜献二子。子贡曰："瓜，子在内也。"女乃出，语曰："用蜜涂蛛，丝将系蚁，蚁将系丝；如不肯过，用烟熏之。"孔子依其言，乃能穿之。于是绝粮七日。

有鸟九尾，孔子与子夏渡江，见而异之，人莫能名。孔子曰："鸧也。尝闻河上之歌曰：'鸧兮鸹兮，逆毛衰兮，一身九尾长兮。'"

周公居东，恶闻此鸟，命庭氏射之，血其一首，犹余九首。

秦世有谣云："秦始皇，何强梁；开吾户，据吾床；饮吾浆，唾吾裳；餐吾饭，以为粮；张吾弓，射东墙；前至沙丘当灭亡。"始皇既焚书坑儒，乃发孔子墓，欲取经传。墓既启，遂见此谣文刊在冢壁，始皇甚恶之。及东游，乃远沙丘而循别路，忽见群小儿攒沙为阜，问之："何为?"答云："此为沙丘也。"从此得病而亡。或云："孔子将死，遗书曰：'不知何男子，自谓秦始皇，上我之堂，据我之床，颠倒我衣裳，至沙丘而亡。'"

安吉县西有孔子井，吴东校书郎施彦先后居井侧。先云："仲尼聘楚，为令尹子西所谮，欲如吴未定，逍遥此境，复居井侧，因以名焉。"

鬼谷先生与苏秦、张仪书云:"二君足下:功名赫赫,但春华到秋,不得久茂;日数将冬,时讫将老。子独不见河边之树乎?仆御折其枝,波浪荡其根,上无径寸之阴,下被数千之痕,此木非与天下人有仇怨,盖所居者然。子不见嵩、岱之松柏,华、霍之檀桐乎?上枝干青云,下根通三泉,上有猿狄,下有赤豹麒麟,千秋万岁,不逢斧斤之患,此木非与天下之人有骨肉,亦所居者然。今二子好朝露之荣,弃长久之功,轻乔松之永延,贵一旦之浮爵。夫女爱不极席,男欢不毕轮,痛夫!痛夫!二君,二君!"苏秦、张仪答书云:"伏以先生秉德含和之中,游心青云之上,饥必啖芝草,渴必饮玉浆,德与神灵齐,明与三光同,不忘将书,诚以行事。仪以不敏,名问不昭,入秦匡霸,欲翼时君,刺以河边,喻以深山,虽复素闇,诚衔斯旨。"

张子房与四皓书云:"良白:仰惟先生,秉超世之殊操,身在六合之间,志凌造化之表。但自大汉受命,祯灵显集,神母告符,足以宅兆民之心。先生当此时,辉神爽乎云霄,濯凤翼于天汉,使九门之外,有非常之客,北阙之下,有神气之宾,而渊游山隐,窃为先生不取也。良以顽薄,承乏忝官,所谓绝景不御,而驾服驽骀。方今元首钦明文思,百揆之佐,立则延企,坐则引领,日昃而方丈不御,夜寝而闉阖不闭。盖皇极须日月以扬光,后土待岳渎以导滞;而当圣世,鸾凤林栖,不翔乎太清,骐骥岳遁,不步于郊莽,非所以宁八荒而慰六合也。不及省侍,展布腹心,略写至言,想料翻然不猜其意。张良白。"四皓答书曰:"窜蛰幽薮,深谷是室,岂悟云雨之使,奄然萃止。方今三章之命,邈殷汤之旷泽,礼隆乐和,四海克谐,六律及于丝竹,和声应于金石,飞鸟翔于紫阙,百兽出于九门。顽夫固陋,守彼岩穴,足未尝践闉阖,目未曾见廊庙,野食于丰草之中,避暑于林木之下;望月晦然后知三旬之终,睹霜雪然后知四时之变,问射夫然后知弓弩之须,讯伐木然后知斧柯之用。当秦项之艰难,力不能负干戈,携手逃走,避役山草,倚朽若立,循水似济。遂使青蝇盗声于晨鸡,鱼目窃价于随珠。公侯应灵挺特,神父授策,盖无幽而不明也。岂有烹鼎和味,而愿令菽麦厕方丈之御;被龙服衮,而欲使女萝上绀缕之绪?恐汩泥以浊白水,飘尘以乱清风;是以承命倾筐,闻宠若惊。谨因飞龙之使,以写鸣蝉之音,乞守兔鹿之志,终其寄生之命也。"

晋简文云:"汉世人物,当推子房为标的,神明之功,玄胜之要,莫之与二。接俗而不亏其道,应世而事不婴□。玄识远情,超然独迈。"

樊将军哙问于陆贾曰:"自古人君,皆云受命于天,云有瑞应,岂有是乎?"陆贾应之曰:"有。夫目瞤,得酒食;灯火花,得钱财;乾鹊噪而行人至,蜘蛛集而百事喜。小既有征,大亦宜然。故曰:'目瞤,则咒之;灯火花,则拜之;乾鹊噪,则喂之;蜘蛛集,则放之。'况天下之大宝,人君重位,非天命何以得之哉?瑞,宝信也,天以宝为信,应人之德,故曰瑞应。天命无信,不可以力取也。"

湘州有南寺,东有贾谊宅。宅有井,小而深,上敛下大,状似壶,即谊所穿。井旁局脚食床,容一人坐,即谊所坐也。

谊宅今为陶侃庙,谊时种甘,犹有存者。

汉董仲舒尝梦蛟龙入怀中,乃作《春秋繁露》。

汉文翁当起田,砍柴为陂,夜有百十野猪,鼻载土著柴中。比晓,塘成,稻常收。尝欲断一大树,欲断处去地一丈八尺。翁先咒曰:"吾得二千石,斧当着此处。"因掷之,正砍所欲。后果为蜀郡守。

汉武帝见画伯夷、叔齐形象,问东方朔:"是何人?"朔曰:"古之愚夫。"帝曰:"夫伯夷、叔齐,天下廉士,何谓愚耶?"朔对曰:"臣闻贤者居世,与时推移,不凝滞于物。彼何不升其堂,饮其浆,泛泛如水中之凫,与彼俱游?天子毂下,可以隐居,何自苦于首阳乎?"上喟然而叹。

汉武游上林,见一好树,问东方朔,朔曰:"名善哉。"帝阴使人落其树。后数岁,复问朔,朔曰:"名为瞿所。"帝曰:"朔欺久矣,名与前不同,何也?"朔曰:"夫大为马,小为驹;长为鸡,小为雏;大为牛,小为犊;人生为儿,长为老;且昔为'善哉',今为'瞿所',长少死生,万物败成,岂有定哉?"帝乃大笑。

武帝幸甘泉宫,驰道中有虫,赤色,头目牙齿耳鼻悉尽具,观者莫识。帝乃使朔视之,还对曰:"此'怪哉'也。昔秦时拘系无辜,众庶愁怨,咸仰首叹曰:'怪哉怪哉!'盖感动上天,愤所生也,故名'怪哉'。此地必秦之狱处。"即按地图,果秦故狱。又问:"何以去虫?"朔曰:"凡忧者得酒而解,以酒灌之当消。"于是使人取虫置酒中,须臾,果糜散矣。

扬雄谓:"长卿赋不似人间来。"叹服不已。其友盛览问:"赋何如其佳?"雄曰:"合纂组以成文,列锦绣以成质。"雄遂著《合组》之歌,《列锦》之赋。

扬雄著《太玄经》,梦吐白凤凰,集于《玄》上。

卷三　后汉人

俞益期,豫章人,与韩康伯道至交州,闻马援故事云:交州在合浦徐闻县西南,穷日南寿灵县界。传云:"伏波开道,篙工凿石,犹有故迹。"又云:"此道废久壅塞,戴桓沟之,乃得伏波时故船。昔立两铜柱于林邑岸,岸北有遗兵十余家,居寿灵之南,悉姓马,自相婚姻,今二百户,以其流寓,号曰马流。言语犹与中华同。"

汉袁安父亡,母使安以鸡酒诣卜工问葬地。道逢三书生,问安何之,具以告。书生曰:"吾知好葬地。"安以鸡酒礼之,毕,告安地处云:"当葬此地,四世为贵公。"便与别。行数步,顾视皆不见。安疑是神人,因葬其地,后果位至司徒,子孙昌盛,四世三公焉。

袁安为阴平长,有惠化。县先有鼋渊,冬夏未尝消释,岁中辄出,飞布十数里,大为民害。安乃推诚洁斋,引愆贬己,至诚感神,鼋遂为之沉沦,伏而不起,乃无苦雨凄风焉。

崔骃有文才,其县令往造之。骃子瑗年九岁,书门曰:"人虽干木,君非文侯,何为光光,入我里闾?"令见之,问骃,骃曰:"必瑗所书。"召瑗,将诘所书,乃曰:"君使臣以礼,臣事君以忠。"

胡广本姓黄,以五月五日生,俗谓恶月,父母恶之,藏之葫芦,弃之河流岸侧。居人收养之。及长,有盛名,父母欲取之,广以为背其所生则害义,背其所养则忘恩,两无所归;以其托葫芦而生也,乃姓胡,名广。后登三司,有中庸之号。广后不治本亲服,世以为讥。

马融历二县两郡,政务无为,事从其约。在武都七年,在南郡四年,未尝按论刑杀一人。性好音乐,善鼓琴吹笛。笛声一发,感得蜻蜓出吟,有如相和。

郭林宗来游京师,当还乡里,送车千许乘,李膺亦在焉。众人皆诣大槐客舍而别,唯膺与林宗共载,乘薄笨车,上大槐坂,观者数千人,引领望之,眇若松乔之在霄汉。

李元礼谡谡如劲松下风。

膺居阳城时，门生在门下者恒有四五百人。膺每作一文出手，门下共争之，不得，堕地。陈仲弓初令大儿元方来见，膺与言语讫，遣厨中食。元方喜，以为合意，当复得见焉。

膺同县聂季宝，小家子，不敢见膺。杜周甫知季宝，不能定名，以语膺，呼见，坐置砌下牛衣上，一与言，即决曰："此人当作国士。"卒如其言。

膺为侍御史。青州凡六郡，唯陈仲举为乐安视事，其余皆病，七十县并弃官而去。其威风如此。

李膺尝以疾不迎宾客，二十日乃一通客；唯陈仲弓来，辄乘辇出门迎之。

陈仲举雅重徐孺子，为豫章太守，至，便欲先诣之。主簿白："群情欲令府君先入拜。"陈曰："武王式商容之闾，席不暇暖，吾之礼贤，有何不可？"

徐穉亡，海内群英论其清风高致，乃比夷齐，或参许由。夏侯豫章追美名德，立亭于穉墓首，号曰思贤亭。

何颙妙有知人之鉴。初，同郡张仲景总角造颙，颙谓之曰："君用思精密，而韵不能高，将为良医矣。"仲景后果有奇术。

王仲宣年十七时，过仲景。仲景谓之曰："君体有病，宜服五石汤；若不治，年及三十，当眉落。"仲宣以其赊远，不治。后至三十，果觉眉落，其精如此。世咸叹颙之知人。

张衡亡月，蔡邕母方娠，此二人才貌相类，时人云：邕即衡之后身也。

初，司徒王允数与邕会议，允词常屈，由是衔邕。及允诛董卓，并收邕，众人争之，不能得。太尉马日磾谓允曰："伯喈忠直，素有孝行，且旷世逸才，多识汉事，当定十志；今子杀之，海内失望矣。"允曰："无蔡邕独当，无十志何损？"遂杀之。

广汉王瑗遇鬼物，言蔡邕作仙人，飞去飞来，甚快乐也。

郑玄葬城东，后墓坏，改迁厉阜。县令车子义为玄起墓亭，名曰"昭仁亭"。

郑玄在徐州，孔文举时为北海相，欲其返郡，敦请恳恻，使人继踵。又教曰:"郑公久游南夏,今艰难稍平,倘有归来之思?无寓人于室,毁伤其藩垣林木,必缮治墙宇,以俟还。"及归,融告僚属:"昔周人尊师,谓之'尚父',今可咸曰'郑君',不得称名也。"袁绍一见玄,叹曰:"吾本谓郑君东州名儒,今乃是天下长者。夫以布衣雄世,斯岂徒然哉!"及去,绍饯之城东,必欲玄醉。会者三百人,皆使离席行觞,自旦及暮,计玄可饮三百余杯,而温克之容,终日无怠。

荀巨伯远看友人疾,值胡贼攻郡,友人语伯曰:"吾且死矣,子可去。"伯曰:"远来视子,今有难而舍之去,岂伯行邪?"贼既至,谓伯曰:"大军至此,一郡俱空,汝何人,独止耶?"伯曰:"有友人疾,不忍委之,宁以己身,代友人之命。"贼闻其言异之,乃相谓曰:"我辈无义之人,而入有义之国。"乃偃而退,一郡获全。

卷四　后汉人

谢子微见许子政虔及弟劭,曰:"平舆之渊,有双龙出矣。"

汝南中正周斐表称许劭:高节遗风,与郭林宗、李元礼、卢子幹、陈仲弓齐名,劭特有知人之鉴。自汉中叶以来,其状人取士,援引扶持,进导招致,则有郭林宗;若其看形色,目童龀,断冤滞,擿虚名,诚未有如劭之懿也。常以简别清浊为务,有一士失其所,便谓投之潢污,虽负薪抱关之类,吐一善言,未尝不寻究欣然。兄子政常抵掌击节,自以为不及远矣。劭幼时,谢子微便云:"此贤当持汝南管籥。"樊子昭帻责之子,年十五六,为县小吏,劭一见便云:"汝南第三士也,此可保之。"后果有令名。

有客诣陈太丘,谈锋甚敏,太丘乃令元方季方炊饭以延客。二子委甑,窃听客语,炊忘箸箅,饭落釜,成糜而进。客去,太丘将责之,具言其故,且诵客语无遗。太丘曰:"如此,但糜自可,何必饭耶?"

汉末陈太丘寔与友人期行,期日中,过期不至,太丘舍去。去后乃至。其子元方时年七岁,在门外戏。客问元方:"尊君在否?"答曰:"待君久不至,已去。"友人便怒曰:"非人哉! 与人期行,相委而去!"元方曰:"君与家君期日中时,过中不来,则是无信;对子骂父,则是无礼。"友人惭,下车引之。元方遂入门不顾。

蔡邕刻《曹娥碑》傍曰:"黄绢幼妇,外孙齑臼。"魏武见而不能晓,以问群僚,莫有知者。有妇人浣于江渚,曰:"第四车中人解。"即祢正平也。祢便以离合意解云:"绝妙好辞。"或谓此妇人即娥灵也。

祢正平年少与孔文举作尔汝交。时衡年未满二十,而融已五十余矣。

孔文举中夜暴疾,命门人钻火,其夜阴暝,不得火,催之急,门人忿然曰:"君责人太不以道,今暗若漆,何不把火照我,当得钻火具,然后得火。"文举闻之曰:"责人当以其方。"

曹公《与杨太尉书》论刑杨修云:"操白:足下不遗贤子见辅,今军征事大,吾制钟鼓之音,主簿应掌,而贤子恃豪父之势,每不与吾同怀。念卿父息之情,同此悼楚。谨赠足下锦裘二领,八节银角桃枝一枚,官绢五百匹,钱六十万,四望通幰七香车一乘,青犗牛二头,八百里骅骝一匹,戎装金鞍辔十副,铃苞一具,驱使二人侍卫之。并遗足下贵室错彩罗縠裘一领,织成靴一量有心,青衣二人奉左右。所奉虽薄,以表吾意,足下便当慨然承纳,不致往返。"杨太尉答书云:"彪白:小儿顽卤,常虑当致倾败,足下恩矜,延罪迄今;闻问之日,心肠酷裂!省览众赐,益以悲惧。"曹公卞夫人《与太尉夫人袁书》:"卞顿首顿首:贵门不遗贤郎辅佐,方今戎马兴动,主簿股肱近臣,征伐之计,事须敬谘。官立金鼓之节,而闻命违制,明公性急,辄行军法。伏念悼痛酷楚,情不自胜。夫人多容,即见垂恕。故送衣服一笼,文绢一百匹,房子官绵百斤,私所乘香车一乘,牛一头。诚知微细,以达往意,望为承纳。"杨太尉夫人袁氏答书:"袁顿首顿首:路歧虽近,不展淹久,叹想之情,抱劳山积。小儿疏细,果自招罪戾,念之痛楚!明公所赐已多,又加重赍礼,颇非宜荷受,辄付往信。"

司马德操初见庞士元,称之曰:"此人当为南州冠冕。"时士元尚少,及长,果如徽言。

司马徽居荆州,以刘表不明,度必有变,思退缩以自全;人每与语,但言"佳"。其妻责其无别。徽曰:"如汝所言,亦复甚佳。"终免于难。

颍川太守朱府君,以正月初见诸县史燕,问功曹郑劭公曰:"昔在京师,闻公卿百僚叹述贵郡前贤后哲,英雄璝玮,然未睹其奇行异操,请闻遗训。"对曰:"鄙颍川,本韩之分野,豫之渊薮。其于天官,上当角亢之宿,下禀嵩少之灵,受岳渎之精,托晋楚之际,处陈郑之末。少阳之气,太清所挺。是以贤圣龙蟠,俊彦凤举。昔许由、巢父出于阳城,樊仲甫又出阳城,留侯张良又出于阳城,胡元安出于许县,灌彪义山出于昆阳,审寻初出于定陵,杜安伯夷又出于定陵,祭遵出于颍阳。"府君曰:"太原周伯况、汝南周彦祖皆辞征礼之宠,恐贵郡未有如此者也。"劭公对曰:"昔许由耻受尧位,洗耳河滨;樊仲甫者,饮牛河路,耻临浊流,回车旋牛。二周公但让公卿之荣,以此推之,天地谓之咫尺,不亦远乎?"

卷五 魏世人

刘桢以失敬罢。文帝曰:"卿何以不谨文宪?"答曰:"臣诚庸短,亦缘陛下纲目不疏。"文帝出游,桢见石人,曰:"问彼石人,彼服何粗?何时去卫,来游此都?"

魏王北征蹋顿,升岭眺瞩,见一冈,不生百草。王粲曰:"此必古冢。其人在世服生礜石,热蒸出外,故草木焦灭。"遂令凿看,果是大墓,礜石满茔。一说:粲在荆州,从刘表登障山而见此异。魏武之平乌桓,粲犹在江南,以此言为谲。

魏国初建,潘勖字元茂,为策命文。自汉武以来未有此制,勖乃依商、周宪章,唐、虞辞义,温雅与典诰同风,于时朝士皆莫能措一字。勖亡后,王仲宣擅名于当时,时人见此策美,或疑是仲宣所为,论者纷纷。及晋王为太傅,腊日大会宾客,勖子蒲时亦在焉。宣王谓之曰:"尊君作封魏君策,高妙信不可及,吾曾闻仲宣亦以为不如。"朝廷之士乃知勖作也。

孙邕醇粹有素。魏武帝初置侍中,举者不中选,遂下令曰:"吾侍中欲得浑沌,浑沌氏,古之贤人也。"于是臣下方悟,遂举邕,帝大悦。

管宁避难辽东,还,遭风船垂倾没,乃思其愆过,曰:"吾曾一朝科头,三晨晏起。今天怒猥集,过必在此。"风乃息。

魏管辂尝夜见一小物,状如兽,手持火,向口吹之,将爇舍宇。辂命门生举刀奋击,断腰。视之,狐也。自此里中无火灾。

王朗中年以识度推华歆,歆蜡日尝与子侄宴饮,王亦学之。有人向张茂先称此事,张曰:"王之学华,盖是形骸之外,去之所以更远。"

华歆遇子弟甚整雅,闲室之内,俨若朝典。陈元方兄弟,恣柔爱之道,而二门之中,两不失其雍熙之轨度焉。

中华佛法,虽始于汉明帝,然经偈故是胡音。陈思王登渔山,临东阿,闻岩岫有诵经声,清婉遒亮,远谷流响,肃然有灵气,不觉敛襟祗敬,便有终焉之志。诸曹解音,以为妙唱之极,即善则之,今梵呗皆植依拟所造也。植亡,乃葬此土。

傅巽有知人之鉴,在荆州,目庞统为半英雄。后统附刘备,见待次诸葛亮,如其言。

平原人有善治伛者,自云:"不善,人百一人耳。"有人曲度八尺,直度六尺,乃厚货求治。曰:"君且伏。"欲上背踏之。伛者曰:"将杀我!"曰:"趣令君直,焉知死事?"

俗说:有贫人止能办只瓮之资,夜宿瓮中,心计曰:"此瓮卖之若干,其息已倍矣。我得倍息,遂可贩二瓮,自二瓮而为四,所得倍息,其利无穷。"遂喜而舞,不觉瓮破。

董昭为魏武重臣,后失势。文、明之世,下为卫尉。昭乃厚加意于侏儒。正朝大会,侏儒作董卫尉啼面,言昔太祖时事,举坐大笑。明帝怅然不怡。月中迁为司徒。

魏凌云台至高,韦诞书榜,即日皓首。榜有未正,募工整之。有铃下卒,着履登缘,如履平地;疑其有术,问之,云:"无术,但两腋各有肉翅,长数寸许。"

晋抚军云:"何平叔巧累于理,嵇叔夜隽伤其道。"

王辅嗣注《易》,笑郑玄云:"老奴甚无意。"于时夜分,忽闻外阁有著屐声,须臾即入,自云是郑玄,责之曰:"君年少,何以穿凿文句,而妄讥诮老子邪?"极有怒色,言竟便退。辅嗣心生畏恶,经少时,乃暴疾而卒。

景王欲诛夏侯玄,意未决间,问安平王孚云:"己才足以制之否?"孚云:"昔赵俨葬儿,汝来,半坐迎之;太初后至,一坐悉起。以此方之,恐汝不如。"乃杀之。

钟毓、钟会少有令誉。年十三,魏文帝闻之,语其父繇曰:"令卿二子来。"于是敕见。毓面有汗,帝问曰:"卿面何以汗?"毓对曰:"战战惶惶,汗出如浆。"复问会:"卿何以不汗出?"会对曰:"战战栗栗,汗不得出。"又值其父昼寝,因共偷服散酒。其父时觉,且假寐以观之。毓拜而后饮,会饮而不拜。既而问毓:"何以拜?"毓曰:"酒以成礼,不敢不拜。"又问会:"何以不拜?"会曰:"偷本非礼,所以不拜。"

钟会撰《四本论》始毕,甚欲嵇公看,致之怀中。既诣宅,畏其有难,惧不敢相示,出户遥掷而去。

钟士季常向人道:"吾少年时一纸书,人云是阮步兵书,皆字字生义,既知是吾,不复道也。"

阮德如每欲逸走,家人常以一细绳横系户前以维之。每欲逸,至绳辄返,时人以为名士狂。

阮德如尝于厕见一鬼,长丈余,色黑而眼大,著白单衣,平上帻,去之咫尺。德如心安气定,徐笑而谓之曰:"人言鬼可憎,果然如是!"鬼赧而退。

卷六　吴蜀人

桓宣武征蜀，犹见诸葛亮时小吏，年百余岁。桓问："诸葛丞相今谁与比？"意颇欲自矜。答曰："葛公在时，亦不觉异，自葛公殁后，正不见其比。"

武侯躬耕于南阳，南阳是襄阳墟名，非南阳郡也。

襄阳郡有诸葛孔明故宅，故宅有井，深五丈，广五尺，曰葛井。堂前有三间屋地，基址极高，云是避水台。宅西有山临水，孔明常登之，鼓琴而为《梁甫吟》，因名此山为乐山。嗣有董家居此宅，衰殄灭亡，后人不敢复憩焉。

武侯与宣王治兵，将战，宣王戎服莅事；使人密觇武侯，乃乘素舆，葛巾，持白羽扇，指麾三军，众军皆随其进止。宣王闻而叹曰："可谓名士矣。"

孙策年十四，在寿阳诣袁术，始至，而刘豫州到，便求去。袁曰："豫州何关君？"答曰："不尔，英雄忌人。"即出，下东阶，而刘备从西阶上，但辄顾视之行，殆不复前矣。

顾邵为豫章，崇学校，禁淫祀，风化大行。历毁诸庙，至庐山庙，一郡悉谏，不从。夜，忽闻有排大门声，怪之。忽有一人开阁径前，状若方相，自说是庐山君。邵独对之，要进上床，鬼即入坐。邵善《左传》，鬼遂与邵谈《春秋》，弥夜不能相屈。邵叹其精辩，谓曰："《传》载晋景公所梦大厉者，古今同有是物也。"鬼笑曰："今大则有之，厉则不然。"灯火尽，邵不命取，乃随烧《左传》以续之。鬼频请退，邵辄留之。鬼本欲凌邵，邵神气湛然，不可得乘。鬼反和逊，求复庙，言旨恳至。邵笑而不答。鬼发怒而退，顾谓邵曰："今夕不能仇君，三年之内，君必衰矣，当因此时相报。"邵曰："何事匆匆，且复留谈论。"鬼乃隐而不见，视门阁悉闭如故。如期，邵果笃疾，恒梦见此鬼来击之。并劝邵复庙。邵曰："邪岂胜正？"终不听。后遂卒。

豫章太守顾邵，是雍之子。邵在郡卒，雍集僚友围棋，外启"书信至",而无儿书,虽神意无变,而心知有故。以爪掐掌,血流沾褥。客散,叹曰:"已无延陵之遗累,宁有丧明之深责!"于是割情散哀,颜色自若。

沈峻,珩之弟也,甚有名誉,而性俭吝。张温使蜀,与峻别,峻入内良久,出语温曰:"向择一端布,欲以送卿,而无粗者。"温嘉其能自显其非。尝经太湖岸上,使从者取盐水;已而恨多,敕令还减之。寻亦自愧曰:"此吾天性也!"

沈珩守风粮尽,从姚彪贷盐百斛。彪性峻直,得书不答,呼左右,令覆盐百斛于江中,曰:"明吾不惜,惜所与耳!"

诸葛恪对南阳韩文晃,误呼其父字。晃曰:"向人子前呼其父字,为是礼邪?"恪笑而答曰:"向天穿针,不见天怒者,非轻于天,意有所在耳。"

孙权时,永康有人入山,遇一大龟,即束之归。龟便言曰:"游不量时,为君所得。"人甚怪之,载出,欲献吴王。夜泊越里,缆船于大桑树。宵中,树呼龟曰:"劳乎元绪,奚事尔耶?"龟曰:"我被拘絷,方见烹臛,虽尽南山之樵,不能溃我。"树曰:"诸葛元逊博识,必致相苦,令求如我之徒,计从安薄?"龟曰:"子明,无多辞,祸将及尔。"树寂而止。既至,权命煮之,焚柴万车,语犹如故。诸葛恪曰:"燃以老桑乃熟。"献者乃说龟树共言。权登使伐树,煮龟立烂。今烹龟犹多用桑薪。野人故呼龟为元绪。

新淦聂友小儿贫贱,尝猎,见一白鹿,射中之,后见箭着梓树。

孙皓初立,治后园,得一金像,如今之灌顶佛。未暮,皓阴痛不可堪。采女有奉法者,启皓取像,香汤浴之,置殿上,烧香忏悔,痛即便止。

孙皓问丞相陆凯曰:"卿一门在朝几人?"答曰:"二相五侯,将军十余人。"皓曰:"盛矣!"凯曰:"君贤臣忠,国之盛;父慈子孝,家之盛;今政荒民敝,覆亡是惧,臣何敢言盛也?"

有客相从,各言所志,或愿为扬州刺史,或愿多资财,或愿骑鹤上升。其一人曰:"腰缠十万贯,骑鹤上扬州。"欲兼三者。

卷七　晋江左人

王安丰云：山巨源初不见《老》、《易》，而意暗与之同。晋武帝讲武于宣武场，欲偃武修文。山公谓不宜尔，因与诸尚书言孙、吴用兵本意。遂究论，举坐无不咨嗟。皆曰："山少傅乃天下名言。"后寇盗蜂合，郡国无备，不能复制，皆如公言。时以为涛不学孙、吴，而暗与理会。王夷甫亦叹其暗与道合。

卫瓘云："吾在中山郡无事，高枕而已。"

裴令公姿容爽俊，一旦有疾至困，惠帝使王夷甫往看之。裴先向壁卧，闻王来，强回视之。夷甫出，语人曰："双眸烂烂如岩下电，精神挺动，故有小恶耳。"

裴令公目王安丰，眼烂烂如岩下电。

杜预书告儿：古谚："有书借人为可嗤，借书送还亦可嗤。"

洛下有洞穴，深不可测。一妇人欲杀其夫，推堕穴中，此人颠倒良久方苏。旁得一穴，行百余里，觉所践如尘，闻粳米香，啖之芬美。复遇如泥者，味似向尘。入一都郭，虽无日月，明逾三光，人皆披羽衣，奏奇乐。凡过此九处。有长人指柏下一羊，令跪捋羊须，得二珠，长人取之，后一珠，令啖之，甚得疗饥。请问九处，答曰："问张华可知。"其人随穴得出，诣华问之，云："如尘者，黄河下龙涎，泥是昆仑山下泥。九处地，仙名九馆。羊为痴龙。初一珠，食之，寿等天地；次者延年；后一丸，充饥而已。"

张华有鹦鹉，每出，还，辄说僮仆善恶。一日，寂无言。华问其故，曰："被禁在瓮中，无因得知外事。"忽云："昨梦不佳，所忌出外。"华强呼至庭，果为飞鹰所击，仅获见免。

张华既贵，有少时知识来候之。华与共饮九酝酒，颇为酣畅。其夜醉眠。华常饮此酒，醉眠后，辄敕左右转侧至觉，则必安泰。是夕，忘敕之。左右依常时为张公转侧，其友人无人为之。至明，友人犹不起，华咄云："此必死矣。"使视之，酒果穿肠流，床下滂沱。

魏时，殿前钟忽大鸣，震骇省署。华曰："此蜀铜山崩，故钟鸣应之也。"蜀寻上事，果云铜山崩，时日皆如华言。

中朝时，有人畜铜澡盘，晨夕恒鸣如人扣。以白张华。华曰："此盘与洛钟宫商相谐，宫中朝暮撞，故声相应。可镦令轻，则韵乖，鸣自止也。"依言，即不复鸣。

武库内有雄雉，时人咸谓为怪。华云："此蛇之所化也。"即使搜除库中，果见蛇蜕之皮。

吴郡临平岸崩，出一石鼓，打之无声。以问华。华曰："可取蜀中桐材，刻作鱼形，扣之，则鸣矣。"即从华言，声闻数十里。

嵩高山北有大穴空，莫测其深，百姓岁时，每游其上。晋初，尝有一人，误坠穴中，同辈冀其傥不死，试投食于穴；坠者得之为粮，乃缘穴而行。可十许日，忽旷然见明。又有草屋一区，中有二人，对坐围棋，局下有一杯白饮。坠者告以饥渴，棋者曰："可饮此。"坠者饮之，气力十倍。棋者曰："汝欲停此不？"坠者曰："不愿停。"棋者曰："汝从西行数十步，有一井，其中多怪异，慎勿畏，但投身入井，当得出。若饥，即可取井中物食之。"坠者如其言。井多蛟龙，然见坠者，辄避其路。坠者缘井而行，井中有物若青泥，坠者食之，了不复饥。可半年许，乃出蜀中。因归洛下，问张华。华曰："此仙馆；所饮者玉浆，所食者龙穴石髓也。"

羊琇骄豪，捣炭为屑，以香和之，作兽形。

羊稚舒^琇冬月酿酒，令人抱瓮暖之；须臾复易其人。酒既速成，味仍嘉美。其骄豪皆此类。

卷八　晋江左人

夏侯湛作《周诗》成，以示潘岳。岳曰："此文非徒温雅，乃别见孝悌之性。"岳因此作《家风诗》。

石崇与潘岳同刑东市，崇曰："天下杀英雄，君复何为尔？"岳曰："俊士填沟壑，余波来及人。"

孙子荆新除妇服，作诗示王武子，武子曰："不知文生于情，情生于文，览之凄然，生伉俪之重。"

王武子左右人，尝于阁中就婢取济衣服，婢欲奸之。其人云："不敢。"婢云："若不从，我当大呼。"其人终不从，婢乃呼曰："某甲欲奸我。"济令杀之。其人具述前状，武子不信。其人顾谓济曰："枉不可受，要当讼府君于天。"武子经年疾困。此人见形云："府君当去矣。"遂卒。

吾彦为交州时，林邑王范熊献青白猿各一口。

卷九　晋江左人

裴仆射颃，时人谓言谈之林薮。

士衡在座，安仁来，陆便起去。潘曰："清风至，尘飞扬。"陆应声答曰："众鸟集，凤皇翔。"

士衡为河北都督，已遭间构，内怀忧懑，闻其鼓吹，谓司马孙拯曰："我今闻之，不如闻华亭鹤唳。"

蔡司徒说：在洛见陆机兄弟，住参佐廨中，三间瓦屋，士龙住东头，士衡住西头。

后分华亭村南为黄耳村，以犬冢为号焉。

刘道真年十五六，在门前戏弄尘，垂鼻涕至胸。洛下少年乘车从门前过，曰："此少年甚坰堁。"刘随车后，问："此言为恶为善？"答以"为善"。刘曰："若佳言，令你翁坰堁，你母亦坰堁。"

阮瞻素秉无鬼论，世莫能难；每自谓理足以辨正幽明。忽有一鬼，通姓名作客诣阮，寒温毕，即谈名理；客甚有才情，末及鬼神事，反复甚苦，遂屈。乃作色曰："鬼神古今圣贤所共传，君何独言无耶？仆便是鬼！"于是忽变为异形，须臾消灭。阮嘿然，意色大恶。后年余，病死。

宋岱为青州刺史，禁淫祀，著《无鬼论》，甚精。无能屈者。邻州咸化之。后有一书生葛巾修刺诣岱，与之谈甚久，岱理未屈，辞或未畅，书生辄为申之。次及无鬼论，便苦难岱。岱理欲屈，书生乃振衣而起，曰："君绝我辈血食二十余年，君有青牛、髯奴，未得相困耳。今奴已叛，牛已死，今日得相制矣。"言绝，遂失书生。明日而岱亡。

孙兴公常著戏头，与逐除人共至桓宣武家，宣武觉其应对不凡，推问乃验也。

卷十　宋齐人

　　昔傅亮北征,在河中流。或人问之曰:"潘安仁作《怀旧赋》曰:'前瞻太室,傍眺嵩丘。'嵩丘太室一山,何云前瞻傍眺哉?"亮对曰:"有嵩丘山,去太室七十里,此是写书误耳。"

　　齐宜都王铿,三岁丧母,及有识,问母所在,左右告以早亡,便思慕蔬食。自悲不识母,常祈请幽冥,求一梦见。至六岁梦见一妇人,谓之曰:"我是汝之母。"铿悲泣。且说之,容貌衣服,事事如平生也。闻者莫不歔欷。

历代笔记小说大观总目

汉魏六朝

西京杂记（外五种） ［汉］刘歆 等撰　王根林 校点

博物志（外七种） ［晋］张华 等撰　王根林 等校点

拾遗记（外三种） ［前秦］王嘉 等撰　王根林 等校点

搜神记·搜神后记 ［晋］干宝 陶潜 撰　曹光甫 王根林 校点

世说新语 ［南朝宋］刘义庆 撰　［梁］刘孝标注　王根林 标点

唐五代

朝野佥载·云溪友议 ［唐］张鷟 范摅 撰　恒鹤 阳羡生 校点

教坊记（外七种） ［唐］崔令钦 等撰　曹中孚 等校点

大唐新语（外五种） ［唐］刘肃 等撰　恒鹤 等校点

玄怪录·续玄怪录 ［唐］牛僧孺 李复言 撰　田松青 校点

次柳氏旧闻（外七种） ［唐］李德裕 等撰　丁如明 等校点

酉阳杂俎 ［唐］段成式 撰　曹中孚 校点

宣室志·裴铏传奇 ［唐］张读 裴铏 撰　萧逸 田松青 校点

唐摭言 ［五代］王定保 撰　阳羡生 校点

开元天宝遗事（外七种） ［五代］王仁裕 等撰　丁如明 等校点

北梦琐言 ［五代］孙光宪 撰　林艾园 校点

宋元

清异录·江淮异人录 ［宋］陶谷 吴淑 撰　孔一 校点

稽神录·睽车志 ［宋］徐铉 郭彖 撰　傅成 李梦生 校点

贾氏谭录·涑水记闻 ［宋］张洎 司马光 撰 孔一 王根林 校点

南部新书·茅亭客话 ［宋］钱易 黄休复 撰 尚成 李梦生 校点

杨文公谈苑·后山谈丛 ［宋］杨亿口述、黄鉴笔录、宋庠整理 陈
　　师道 撰 李裕民 李伟国 校点

归田录(外五种) ［宋］欧阳修 等撰 韩谷 等校点

春明退朝录(外四种) ［宋］宋敏求 等撰 尚成 等校点

青琐高议 ［宋］刘斧 撰 施林良 校点

渑水燕谈录·西塘集耆旧续闻 ［宋］王辟之 陈鹄 撰 韩谷 郑世刚
　　校点

梦溪笔谈 ［宋］沈括 撰 施适 校点

麈史·侯鲭录 ［宋］王得臣 赵令畤 撰 俞宗宪 傅成 校点

湘山野录 续录·玉壶清话 ［宋］文莹 撰 黄益元 校点

青箱杂记·春渚纪闻 ［宋］吴处厚 何薳 撰 尚成 钟振振 校点

邵氏闻见录·邵氏闻见后录 ［宋］邵伯温 邵博 撰 王根林 校点

冷斋夜话·梁溪漫志 ［宋］惠洪 费衮 撰 李保民 金圆 校点

容斋随笔 ［宋］洪迈 撰 穆公 校点

萍洲可谈·老学庵笔记 ［宋］朱彧 陆游 撰 李伟国 高克勤 校点

石林燕语·避暑录话 ［宋］叶梦得 撰 田松青 徐时仪 校点

东轩笔录·嬾真子录 ［宋］魏泰 马永卿 撰 田松青 校点

中吴纪闻·曲洧旧闻 ［宋］龚明之 朱弁 撰 孙菊园 王根林 校点

铁围山丛谈·独醒杂志 ［宋］蔡絛 曾敏行 撰 李梦生 朱杰人 校点

挥麈录 ［宋］王明清 撰 田松青 校点

投辖录·玉照新志 ［宋］王明清 撰 朱菊如 汪新森 校点

鸡肋编·贵耳集 ［宋］庄绰 张端义 撰 李保民 校点

宾退录·却扫编 ［宋］赵与时 徐度 撰 傅成 尚成 校点

桯史·默记 ［宋］岳珂 王铚 撰 黄益元 孔一 校点

燕翼诒谋录·墨庄漫录 ［宋］王栐 张邦基 撰 孔一 丁如明 校点

枫窗小牍·清波杂志 ［宋］袁褧 周辉 撰 尚成 秦克 校点

四朝闻见录·随隐漫录 ［宋］叶绍翁 陈世崇 撰 尚成 郭明道 校点

鹤林玉露 ［宋］罗大经 撰 孙雪霄 校点

困学纪闻 [宋]王应麟 撰 栾保群 田松青 校点

齐东野语 [宋]周密 撰 黄益元 校点

癸辛杂识 [宋]周密 撰 王根林 校点

归潜志·乐郊私语 [金]刘祁 [元]姚桐寿 撰 黄益元 李梦生
　　校点

山居新语·至正直记 [元]杨瑀 孔齐 撰 李梦生 庄葳 郭群一
　　校点

南村辍耕录 [元]陶宗仪 撰 李梦生 校点

明代

草木子(外三种) [明]叶子奇 等撰 吴东昆 等校点

双槐岁钞 [明]黄瑜 撰 王岚 校点

菽园杂记 [明]陆容 撰 李健莉 校点

庚巳编·今言类编 [明]陆粲 郑晓 撰 马镛 杨晓波 校点

四友斋丛说 [明]何良俊 撰 李剑雄 校点

客座赘语 [明]顾起元 撰 孔一 校点

五杂组 [明]谢肇淛 撰 傅成 校点

万历野获编 [明]沈德符 撰 杨万里 校点

涌幢小品 [明]朱国祯 撰 王根林 校点

清代

筠廊偶笔 二笔·在园杂志 [清]宋荦 刘廷玑 撰 蒋文仙 吴法源
　　校点

虞初新志 [清]张潮 辑 王根林 校点

坚瓠集 [清]褚人获 辑撰 李梦生 校点

柳南随笔 续笔 [清]王应奎 撰 以柔 校点

子不语 [清]袁枚 撰 申孟 甘林 校点

阅微草堂笔记 [清]纪昀 撰

茶余客话 [清]阮葵生 撰 李保民 校点

檐曝杂记·秦淮画舫录　［清］赵翼 捧花生 撰　曹光甫 赵丽琰
　　校点

土风录　［清］顾张思 撰　曾昭聪 刘玉红 校点

履园丛话　［清］钱泳 撰　孟斐 校点

归田琐记　［清］梁章钜 撰　阳羡生 校点

浪迹丛谈 续谈 三谈　［清］梁章钜 撰　吴蒙 校点

啸亭杂录 续录　［清］昭梿 撰　冬青 校点

竹叶亭杂记·今世说　［清］姚元之 王晫 撰　曹光甫 陈大康 校点

冷庐杂识　［清］陆以湉 撰　冬青 校点

两般秋雨盦随笔　［清］梁绍壬 撰　庄葳 校点